학교에서
만난 기적

학교에서 만난 기적

펴낸날 2019년 4월 10일
2쇄 펴낸날 2019년 6월 7일

지은이 한경화, 곽도희, 김민성, 김소은, 김온정, 김윤아, 김하언, 안민솔, 이미애, 이윤서, 이가인, 정민주, 홍지현
펴낸이 주계수 | **편집책임** 이슬기 | **꾸민이** 전은정

펴낸곳 밥북 | **출판등록** 제 2014-000085 호
주소 서울시 마포구 양화로 59 화승리버스텔 303호
전화 02-6925-0370 | **팩스** 02-6925-0380
홈페이지 www.bobbook.co.kr | **이메일** bobbook@hanmail.net

ISBN 979-11-5858-535-8 (03810)

※ 이 도서의 국립중앙도서관 출판시도서목록(CIP)은 e-CIP 홈페이지(http://www.nl.go.kr/cip)에서 이용하실 수 있습니다. (CIP 2019010585)

책쓰기로 키우는 작가의 꿈 시리즈 ④

학교에서 만난 기적

천안동성중학교 책쓰기 동아리 삼다(三多)

곽도희, 김민성, 김소은, 김온정, 김윤아, 김하언,
안민솔, 이미애, 이윤서, 이가인, 정민주, 홍지현
& 지도교사 한경화

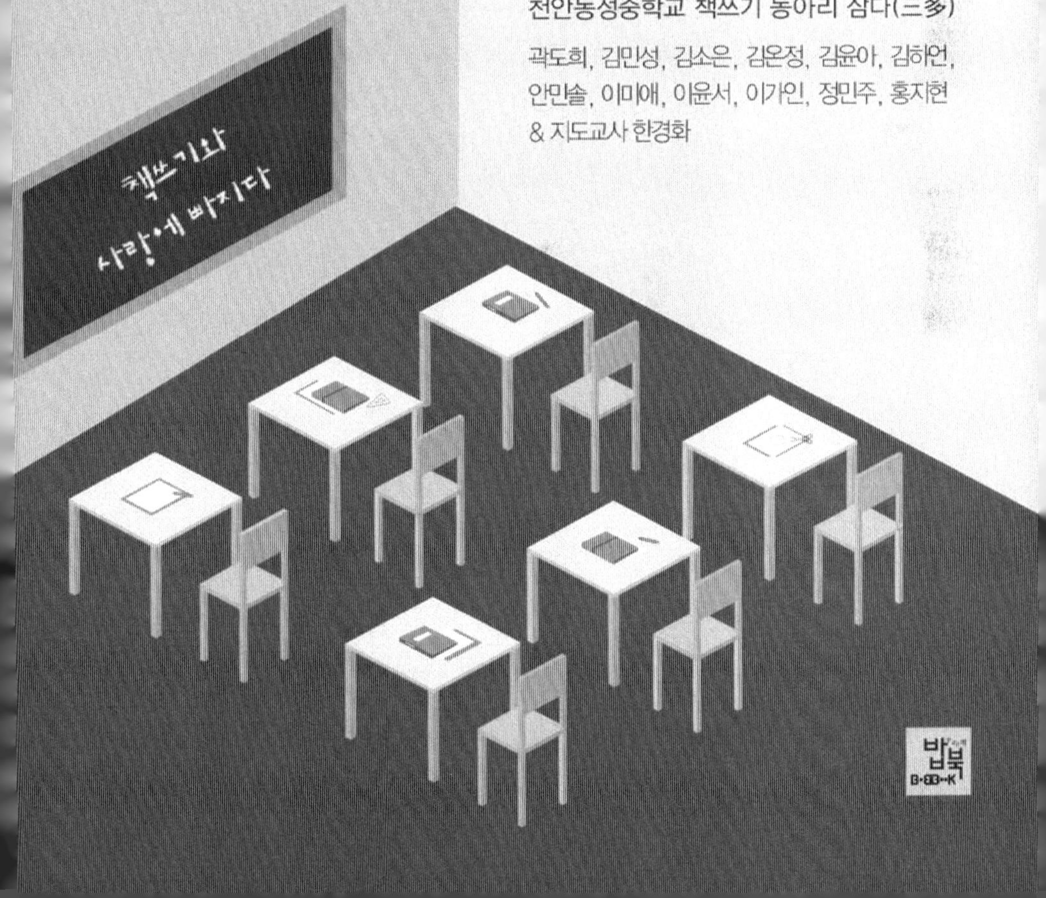

밥북

책을 펴내며

이 책은 2018 천안동성중학교 책쓰기 동아리 삼다(三多) 친구들이 1년 동안 동아리 활동을 통해 틈틈이 쓴 창작 글과 지도교사인 저의 글을 모아 만들었습니다. 삼다(三多) 친구들은 매주 월요일 아침 동아리 활동 시간에 모여 책을 읽고, 토론도 하고, 글을 쓰며 작가의 꿈을 키우고 있습니다.

저는 2016년부터 책쓰기 동아리 아이들을 지도하며 아이들과 함께 『책쓰기로 키우는 작가의 꿈』 시리즈를 출간하고 있습니다. 『책쓰기로 키우는 작가의 꿈』 ❶은 2016년에 출간한 '열다섯 우리들의 꿈', ❷는 2018년 출간한 '글을 쓴다는 것', ❸은 '생각을 시로 물들이다'이며, 이 책은 『책쓰기로 키우는 작가의 꿈』 ❹입니다.

학교에서는 매일 여러 가지 사건들과 기적들이 일어납니다. 학생들의 글에 나타난 다양한 사건들과 죽어가는 물고기를 간절한 염원으로 살리는 것처럼 위기에 놓인 친구들을 상상 속 초능력을 발휘해 구해내는 기적을 만들기도 합니다. 또, 우리 동아리 친구들이 틈틈이 쓴 글을 모아 이렇게 책을 출간하는 것도 작은 사건이자 기적입니다. 그래서 책 제목을 '학교에서 만난 기적'이라 정하였습니다.

학생들의 글을 읽다 보면 비문이 군데군데 섞여 있고, 평소 말하던 습관 그대로 쓴 문장도 있어 어설픈 문장들을 만나기도 합니다. 하지만, 때 묻지 않고 기발한 상상력과 창의적인 생각이 담긴 싱싱한 문장들을 만나기도 해 책을 읽는 동안 가슴이 콩닥거리는 설렘을 갖게 됩니다.

책쓰기 활동은 주제를 제시해주고 주제에 맞게 각자 상상력과 창의력을 동원해 쓰도록 했습니다. 주제에 따라 글쓰기가 어려워 완성까지 오래 걸린 글도 있고 생각보다 쉽게 술술 써서 짧은 시간 안에 완성한 글도 있습니다. 거친 표현이나 비문 등에는 선생님의 도움이 다소 반영되었습니다.

삼다(三多) 친구들은 책읽기를 좋아하고, 글쓰기를 좋아하는 글쟁이들입니다. 그래서 자기들이 쓴 글을 모아 책을 만들면서 글에 대해 그토록 큰 애정과 열정을 보여주었나 봅니다. 이 글쟁이들은 아마 앞으로도 자신들의 글은 물론 다른 사람의 글까지도 사랑하게 될 것입니다. 그리고 항상 책을 가까이하고 글을 쓰는 삶을 살게 될 것입니다.

이 책에는 학생들의 상상력과 제가 학생들에게 글쓰기를 지도하며 느낀 진솔한 생각이 담긴 글들이 실려 있습니다. 선생님이 제시한 주제에 맞게 글을 쓴다는 것이 쉽지만은 않을 터인데 학생들이 쓴한 편 한 편 글들을 읽어보면 흥미롭고 재미있어 문장 속으로 빨려들기도 하고 기발한 상상력에 놀라기도 합니다.

책쓰기 동아리 친구들 모두 열과 성을 다해 글쓰기에 몰입해주었고, 동아리 리더로서 책임감과 열정으로 동아리를 이끌어온 소은이와 민주가 있었기에 책쓰기 동아리 운영과 두 차례에 걸친 책쓰기 캠프를 운영할 수 있었으며 '책쓰기로 키우는 작가의 꿈 시리즈' ❹를 출판할 수 있었음에 고마운 마음을 전합니다.

훗날 우리 학생 작가들이 어른 작가가 되었을 때, 지금의 책쓰기 동아리 활동이 작가의 꿈을 이루는 주춧돌이 되었음을 추억하는 날이 오기를 바라며, 올해도 책쓰기에 도전해 알찬 결실을 맺은 삼다(三多) 친구들에게 큰 박수를 보냅니다. 아울러 선생님은 언제나 사랑스런 글쟁이들의 꿈을 응원한다는 말을 다시 한 번 전합니다.

지도교사 한경화

차 례

2부 어느 날 나에게 초능력이 생겼다!

3부 학교에서 만난 기적

4부 너는 살아야만 해!

5부 어디까지나 상상 이야기

1부

사과에게 바치는 시(詩)

삽화: 김윤아

'사과에게 바치는 시' 창작 이야기

한경화

2018 책쓰기 프로젝트 첫 출발은 '사과에 바치는 시'를 써 보자고 했다. 아이들의 표정이 매우 재미있었다.

입가에 살짝 미소를 띠며 눈을 동그랗게 뜬 표정, 입을 모아 앞으로 내밀며 어? 하는 표정, 고개를 갸우뚱거리며 뭘 쓰라는 거지? 하는 표정, "먹는 사과요?"라며 이미 시를 쓸 준비를 하는 표정, 눈동자를 이마 위로 올리며 생각하는 깜찍한 표정, 고개를 숙인 채 머리를 가로로 저었다, 세로로 저었다 난해한 표정, 왜 이런 걸 쓰라는 거지? 궁금한 듯한 오묘한 표정….

아~~ 여기저기서 한숨이 터져 나온다.

글을 쓴다는 것은
생각을 끌어내 창작을 한다는 것은
어쩔 수 없이 고통을 동반하는 과정인가 보다.

사과합니다

김하언

사과의 특별한 힘
사과는 사람에게 있어
중요한 역할을 한다

사과 한 입
베어 물면 힘이 솟는다

사과 한마디
건네면 화가 풀린다

그래서 난
오늘도 사과합니다

마치 사과처럼

사과에게 바치는 시

김윤아

언덕 위의 작은 사과나무
빨갛게 익어 언덕 아래로 떨어져
제각각 굴러가는 사과들
그리고 덩그러니 매달려 있는
푸른 사과 하나

남들은 다 빨갛게 자기 모습을 보이고
자기만의 길을 찾아 보였는데
나만 홀로 멈춰 있는 기분이야
나도 너다운 사과였다면 좋았을 텐데

아무리 떨어지려 발버둥 쳐봐도
제자리걸음일 뿐이었고
때론 그냥 이곳에 머무르고 싶었어
하지만 약속한 시간은 흘러만 갔고
나도 내가 누군지 모르겠어

어른들 말로는 나는 아직 어려서
그런 생각하지 않아도
언젠가는 저절로 떨어지게 될 거래

하지만 그건 그저
사과의 이야기일 뿐이야

사과야 넌 어디서 왔니

이가인

사과야
넌 어디서 왔니?
어디에서 왔길래
이렇게 멍이 들었니?

사과야
넌 어디서 자랐니?
어디서 자랐길래
이렇게 꺼뭇꺼뭇하니?

사과야
넌 어디서 수확했니?
어디서 수확했길래
이렇게 울퉁불퉁하니?

사과야
근데 그거 아니?
넌 멍이 들어서
넌 꺼뭇꺼뭇해서

사과야
넌 울퉁불퉁해서
모양새가 예쁘지 않아서
더욱 맛있는 거란다

사과야
그거 아니
옆집 김 씨네 농약 사과보다
니가 더욱 예쁘다는 걸

사과야
그거 아니
니가 속이 더욱 꽉 차있다는
니가 더욱 달다는 걸

사과에게 주는 작은 선물

곽도희

다양한 이야기와 노래에 등장하는 사과
내가 사과에 주는 작은 선물

다양한 용도로 사용되는 사과
내가 사과에 주는 작은 응원

다양한 일을 하는 사과
모두가 좋아하는 사과
여러 곳을 여행하는 사과

나보다 더 많은 경험을 쌓은 사과
모두에게 많은 추억을 선물 해주는 사과
내가 사과에 주는 작은 선물

사과가 우리에게 주는 것

김민성

사과는 우리에게 많은 것들을 준다

사과는 우리에게 달콤함과 상큼함을 동시에 준다
사과는 우리에게 비타민C를 준다
사과는 우리에게 건강까지 챙겨준다

사과는 우리에게 많은 것들을 준다
사과는 우리에게 우정을 준다

사과는 우리에게 따뜻한 마음을 준다
사과는 우리에게 희망을 준다

사과는 우리에게 많은 것들을 준다
사과는 두 종류가 있는데 두 종류 모두 우리에게 많은 것들을 준다
사과는 우리에게 우정, 사랑, 건강 세 가지를 모두 준다
난 그런 사과가 참 좋다

＊ 사람들이 사과가 우리에게 주는 많은 것들을 알면 좋겠고, 이 시를 읽고 친구 에게 사과하는 계기를 심어주고 싶기 때문에 이 시를 쓰게 되었다.

사과나무

안민솔

나의 사랑스러운 사과나무
달콤하고 눅진 버터처럼
향기로운 아카시아 꿀 같은
나의 사랑을 들이마셔
어느새 이렇게 자랐구나

그렇게 앙상하던 한낱 가지가
나를 감싸 오를 만큼 자랐구나
그렇게나 거칠던 질감은
비단처럼 곱고 황금빛으로 빛이 나고
푸석한 토황색 잎들은
윤기 있는 건강한 초록색 잎으로
나는 너무나도 기쁘구나

아아~
나의 생명 그 자체인 사과나무야

사과의 당도

이미애

내가 전하는 사과의 당도가 높다면
내가 받는 사과의 당도도 높다고 생각하겠지
하지만 내가 전하는 사과의 당도가 높을 때
내가 받는 사과의 당도가 항상 낮다면
내가 전하려는 사과의 당도는 점점 낮아지지 않을까
어차피 당도는 사과를 까지 않는 이상 모르잖아
겉으로는 다 똑같은 사과니까 말이야

스티브 잡스에게

이윤서

여길 봐도 사과 저길 봐도 사과
나만 삼성이네

여길 봐도 애플 저길 봐도 애플
나만 갤럭시네

사람들 속에 끼인 우주
애플 폰 사이에 끼인 삼성 폰

여기는 한국인가 미국인가

* 친구들은 다 애플 폰을 쓰지만 혼자 삼성 폰을 쓰는 나의 설움을 비유적으로 나타냈다. 반 학생들 중 절반 정도가 애플 폰을 쓰는 요즘, 나의 외로움을 나타낸 시이다.

못난 사과

홍지현

사람들은 예쁜 사과만 좋아한다
그래서 못난 사과는 떨이로 팔린다

내가 먹은 못난 사과는
여태껏 먹은 사과 중
제일 맛있었다

사람들이 겉모습만
판단하지 않는다면
못난 사과도 먹었겠지?

역시, 뭐든지
겉모습만 보면 안 돼
그 속에 뭐가 있을 줄 알고

진심이니

김소은

핑—
하고 쏜 화살이

나무 중앙이 아닌
나무에 달린 사과에 맞았다

슝—

달려가
재빨리 사과에 말한다

일부러 그런 게 아니야
미안해! 괜찮아?
라고

그때 사과는
왜

그런 표정을 지은 걸까?

내 마음의 희망사과

김온정

상큼 톡톡 달콤하고 발랄한 사과
엄마께서 마트에서
장을 보며 사 오신
맛나는 사과를 나에게 주신다

내가 지칠 때 힘들 때
엄마께서 사 오신 사과를 먹으면
몸과 마음이 풀리는 것 같아
속이 후련하다

나도 지금 빨리 사과를 먹고
나의 모든 마음
나의 모든 감정들을
훌훌 털어내고 싶다…

아기 사과

정민주

작고 미약한 아기 사과야
너의 그 품에는
작은 희망이 안겨있단다
그 작고 작은 희망은 언젠가 싹을 틔우며
이 세상을 안을 만큼 자라고 자라서
크고 울창한 나무가 될 거란다

작고 미약한 아기 사과야
세상의 모든 시련과 아픔이 있더라도
그 힘든 고난이 너를 옭아매어도
참고 인내한다면
참고 견뎌낸다면
너는 좋은 열매를 얻게 될 거란다

그 고난과 시련은
너를 단련하는 도구가 될 거란다
그러니 아기 사과야
작고 미약할지라도
너에겐 수많은 가능성이 있으니 포기하지 말렴

2부

어느날 나에게 초능력이 생겼다!

삽화: 김윤아

'어느날 나에게 초능력이 생겼다' 창작 이야기

한경화

하루는 학생들에게 다음처럼 글쓰기 미션을 주었다.

"오늘 나에게 특별한 초능력이 하나 생겼다. 그 초능력에 대해, 그 초능력이 내 삶에 어떤 영향을 주고 있는지… 재미있고 리얼한 이야기로 써 보자.

제목은 자유롭게 자~ 상상력 발동 시작!!!"

아이들은 들뜨고 신나는 표정을 지으며 큰 흥미를 보였다. 역시~ 글감을 잘 준 것 같다.

미디어 세대인 아이들은 TV나 영화, 웹툰 등을 통해 기막히게 다양하고 많은 초능력들을 접했을 것이다. 거기에 아이들이 상상을 통해 만들어 낼 초능력들은 어떤 것들일까?

어떤 초능력을 상상해 얼마나 재미있는 스토리들을 입힐까…? 눈동자를 이리저리 굴리며, 갸우뚱 갸우뚱거리는 아이들의 모습, 열심히 펜을 굴리며 써내려가는 모습을 보며 상상의 나래를 편다.

아이들은 모두 글쓰기 초능력자다. 펜을 잡자마자 술술~~ 기막힌 이야기가 만들어진다. 각자의 상상력을 입힌 초능력에 관한 이야기가.

마법의 양탄자에 올라타자. 슝~~~ 아이들이 만든 새롭고 신비한 초능력의 세계로 들어가 보자. 그들만의 초능력 이야기의 세계로….

나는 초능력자다

김윤아

태양이 따스한 그 어느 날보다도 완벽한 날씨다. 이런 평화로운 날에는 아무런 일도 일어나지 않는다… 라고 말하고는 싶지만 이 동네는 그렇게 마냥 평화로운 동네는 아니다.

조용한 카페에서 커피라도 한 잔 마시고 싶었던 나의 눈앞에서는 검은 가방을 멘 남자가 대략 7살 즈음으로 보이는 남자아이를 흉기로 위협하며 인질로 잡고 서 있다. 그의 불룩한 검은 가방에서 녹색의 무언가가 팔랑거리며 떨어지는 걸 보아하니 은행 강도인 듯하다. 그리고 그 주위를 경계하며 둘러싸는 경찰들의 모습도 보인다. 그리고 또 그 주위를 둘러싸는 사람들까지.

대부분 휴대전화를 들이밀고 동영상을 찍어대느라 바빠 보인다. 지금이 상황이라면 아무도 나를 의식하지 않는다. 나는 사람들 사이를 비집고 들어가 천천히 상황을 살핀다. 영웅놀이란 건 그렇게 재밌는 일은 아니다. 어쨌든 나는 흉기를 들고 있는 그 남자로부터 20m쯤 떨어진 곳에서 그를 빤히 쳐다본다. 그리고는 그의 두 손을 꺾어 흉기를 떨어트리고 그를 땅바닥으로 눌러버린다.

응? 어떻게 한 거냐고 묻는 당신에게 내가 답하기를,

나는 초능력자다.

이 말을 들은 당신은 어처구니가 없을 것이다. 물론 그건 당연하다. 하지만 지금 벌어진 이 상황을 한 번에 정리할 수 있는 방법은 이 말뿐이다. 과학적인 복잡한 말들을 섞어 설명할 정도로 내 뇌세포는 그렇게 썩 활발하진 않으니까.

우선 급한 일부터 해결하자. 나는 흉기를 들고 있던 남자를 조용히 쳐다본다. 방금 땅바닥으로 눌러버리면서 머리를 세게 박은 모양인지 경찰의 목소리에도 아무런 반응이 없다. 아무래도 기절한 모양이다. 경찰들이 남자에게 수갑을 채우고, 기절한 그를 부축한다. 급한 일은 끝난 것 같고 이젠 상황정리 시간이다. 인질로 잡혀있던 아이는 이제 자유를 되찾고 그렇게 바라던 엄마의 품속으로 들어가 그동안 모아둔 눈물을 전부 쏟아낸다.

이런 장면은 언제 봐도 안쓰럽고 가슴이 뭉클해진다. 그리고 10초 후에야 나는 경찰들과 사람들이 수상한 낌새를 느꼈다는 걸 알 수 있었다. 이때, 타이밍 좋게 구급차가 달려오면서 사람들의 시선을 사로잡는다. 나는 그 틈을 타 사람들 사이에서 빠져나와 잠깐 산책이라도 다녀온 사람처럼 자연스럽게 어느 한적한 카페에 들어가 창가 자리에 앉는다. 그리고 그토록 바라던 카페에 앉아 슬슬 정리되어가는 사건 현장을 바라본다.

나에게 초능력이 생겼다

안민솔

나는 지극히 평범한 삶을 살고 있었다.

평범한 가족, 평범한 재산, 평범한 학교생활.

다만 몇 주 전, 내 몸에 이상한 변화가 일어났다.

당시, 여느 때처럼 핸드폰이 기상 시간이라며 시끄럽게 울려대는 소리에 자동으로 팔을 뻗어 핸드폰 알람을 끄고 몇 번 뒤척였는데, 뭔가 이상한 느낌이 든 것이다. 분명, 평소에 알람을 끌 때는 아무 소리도 안 들렸는데 크게 '쾅' 하는 소리가 들려왔다. 나는 재빠르게 일어나 탁자 위에 올려진 내 핸드폰을 보았다. 하지만 있어야 할 핸드폰은 없었다.

불안한 느낌에 나는 천천히 바닥을 내려다보았다. 탁자는 과자처럼 처참하게 부서져 있고, 그 주변에는 칩들과 내 핸드폰 케이스 파편만 남아있었다. 나는 지금 무슨 일이 일어나는 건지 몰라 머리를 긁적이며 일단 자리에서 일어나려고 발에 힘을 줘어 내디뎠는데 콰지직~~거리며 내디뎠던 발이 깊숙이 빠지는 것이다.

기억 상으로는 그게 나의 인생 최악의 첫걸음이었다. 일단, 아직 움직이지 않은 다른 발도 그럴 것 같아 5분 동안 자리에서 한 발도 움직이지 못했다. 하지만 부실공사 탓으로 생각하며 이번엔 살살 걸으려 발을 살포시 얹었을 때 아무 변화가 없자, 역시 바닥이 안 좋았던 걸로 생각하며 편하게 발을 디딘 순간 한쪽 발도 바닥 밑으로 빠져버렸다.

"허걱!…?"

이 상황을 뭐라 말해야 하나, 일단 침착하게 한 발자국씩 천천히 그리고 힘을 빼 걸었다. 그 와중에 바닥은 금이 천천히 가며 칠판 긁는 소리처럼 이상한 소리를 냈다. 너무나도 당황스러운 이 상황이 믿기질 않아 계단을 내려가 부엌에 계시는 아빠에게 말했다.

"저기, 아빠~~ 오늘 너무 아파서 그런데 학교… 안 가도 돼?"

아빠는 걱정스러운 눈으로 알았다고 하셨다. 일단 지금 이 상태로 학교에 가면 무서운 일이 벌어질까 봐 두려웠었는데 조금은 안심이 되었다. 오늘은 금요일이니까 삼일 정도면, 내 몸의 이상 현상을 찾아낼 수 있지 않을까.

힘을 빼고 걸으면 바닥이 무너지거나 하지 않았다. 그래서 일부러 힘을 빼고 천천히 걸어가 아래층에 있는 창고로 들어갔다. 잡동사니가 가득한 곳이라 평생 안 들어올 줄 알았는데 쓰일 데가 있구나 싶었다. 왜 있는지 이유도 몰랐던 악력기를 찾아서 힘을 조금 실어 쥐는 순간, 악력기가 바들바들 떨다가 이내 부러진다. 잠시 침묵이 돈 뒤 머릿속은 온갖 생각들로 복잡해졌다.

'갑자기 내 힘이 무척이나 세졌어. 으음, 고등학생은 원래 시험기간에 힘이 세지나? 아니, 이 정도면 회색 곰은 지나가는 개미 수준일 텐데. 지금이라면 아마도 커다란 건물도 부술 수 있을 것 같아. 일단, 힘 조절 방법은 은근 쉬웠는데… 아니 일단 이 정도면 나 이미 사람 아니지 않나?'

이런저런 생각들이 머리를 아프게 만들자 한숨을 조금 크게 내쉬었는데, 갑자기 훅하고 강한 바람이 창고에서 일기 시작했다. 창고에 있던 물건들은 강한 바람을 못 버티고 그만 벽에 부딪힌다. 눈이 휘둥그레진 나는 다시 한 번 숨을 적당히 내뱉었다. 물건들이 다시 바람에 부딪혀 와르르 무너진다. 만화책에서나 흔히 등장할법한 이런 무시무시한 일들이 지금, 이 현실에서 일어나고 있다.

아직도 믿기지 않는 듯 손을 들어 몇 번이나 나의 볼을 후려갈겼다. 몇 번 후려갈기자 아픈 통증이 얼얼하게 느껴졌다. 이곳이 현실이라는 것을 깨달았다. 단 하루 만에 내가 괴력을 가진 사람이 된 것이 너무나도 믿기지 않았다. 평소에 내게 초능력이 생긴다면 나는 편하게 받아들일 것이라 생각했건만 역시 상상이랑 현실은 다르다.

난 지금 무척이나 긴장되고 두렵다. 만약 이게 초능력이라면, 사람들에게 어떤 시선을 받을까? 특이한 체질의 사람이라고 신기해할까, 아니면 괴물이라고 멸시받을까 새로운 감각이 낯선 나는 내가 너무나도 괴물같이 느껴져 무서웠다. 이 상태로 학교에 간다면 어떻게 될까? 실수 하나라도 한다면 학교가 무너지겠지? 만약, 사망자가 나오기라도 한다면 나는 그 즉시 바로 살인마가 되는 것이다. 그리고 인터넷에 나에 대한 자료가 수두룩 많아지겠지. 내 개인 정보가 유출되는 것이다. 거기다 나뿐만이 아닌 가족, 친구 나와 관련된 사람들의 모든 정보, 얼굴마저 인터넷에 유출되는 거다. 남은 3일 동안 이 힘을 컨트롤해야겠다는 생각만이 맴돌았다. 내 가족을 위해서라도, 나를 위해서라도.

생각보다 힘 조절은 간단했다. 그저 까먹지 말도 언제나 조심하면서 다니는 것만 기억하면 된다. 의심 가는 행동 하나라도 하면 안 된다. 큰 실수가 나올지도 모른다. 언제나 신중히 그리고 조심히 다녀야 한다.

어느 날 평화로운 학교생활 중, 갑자기 사이렌 소리가 복도에서 울려 퍼졌다. 아이들은 순간 움찔했지만 고장이라고만 생각하며 그 자리에서 움직이지 않았다. 그리고 몇 분 후 조금씩 타는 냄새가 나더니 교실의 공기가 탁해져 가는 것이다. 나를 포함해 반 전원은 교실 밖을 쳐다보았는데, 불이 그곳까지 타올라 왔다. 그 즉시 친구들은 모두가 생각할 겨를 없이 재빠르게 도망을 치기 시작했다.

일단 나도 친구와 도망을 치는데 건물 벽이 크게 무너지는 것이다. 천장에 붙어있던 건물 더미들이 떨어지자 갑자기 친구의 모습이 보이지 않기 시작했다. 내 위로 떨어진 건물 더미들을 치운 나는 친구를 찾기 위해 필사적으로 움직였다.

순간, 혹시 내가 초능력자라는 것을 들키게 되면 어쩌지 하는 생각이 들었다. 이 위험한 상황에 초능력 타령이냐고 생각하겠지만, 지금 이 순간을 신경 쓰다가는 나중에 일어날 일들은 심각해질 수 있다. 서둘러

후드 집업을 둘러싸고 긴 머리카락들은 모자 뒤로 숨겼다. 그리고 친구를 찾으러 무너진 천장들을 뒤집었다. 몇 번이고 치워도 그 아이가 안 보이자 초조해진 나는 계속해서 무너진 천장 조각들을 뒤집었다. 그때 저 멀리 친구의 옷자락이 보였다. 건물 더미를 치워보니 갈색의 긴 곱슬머리, 분홍색의 카디건 모습. 역시 친구였다.

친구는 천장 조각에 머리를 맞았는지 피가 흘러내리는 모습이 보였다. 서둘러 손수건을 꺼내 머리를 지압했다. 그리고 재빨리 창문으로 나가 운동장으로 뛰어내렸다. 그 충격으로 인해 건물 한쪽이 와르르 무너져 내렸다.

나는 한 손으로 무너진 건물을 지탱하며 나갈 생각만을 하고 있는데 그 순간 친구가 눈을 서서히 떴다. 나는 아차 싶어 건물 파편들을 치우고 자리에서 나왔다. 그리고는 남은 한 손으로 친구의 눈을 가렸다. 앞이 안 보이게. 혹시나 해서 안 들리까 봐 귀에 가까이 대고 조용히 말했다.

"쉿, 진정해. 선생님이 계시는 곳으로 데려다줄 테니까."

그리고 정문에 계시는 선생님과 애들 앞에 친구를 두고는 부상자가 있다고 소리치는 동시에 나도 모르게 도망쳐 나왔다.

2주가 지나고, 생각보다 빨리 지어진 학교로 등교하는 중에 친구가 보여 즐겁게 인사를 했다. 그런데 이상하게도 친구의 얼굴은 눈가가 누그러지고 볼 주위는 연한 핑크색으로 맴돌아 마치 사랑에 빠진 얼굴로 보였다. 나는 친구의 어깨를 짚고 물었다.

"얘, 너 표정이 왜 그래? 좋아하는 애라도 생긴 거야?"

그러자 친구를 부끄러운 듯, 크게 말하지 말아 달라고 수줍게 말하다가 신발장에 거의 다다르자 신발장 문을 열며 상냥한 목소리로 말했다.

"전에 학교에서 화재가 났을 때, 어떤 분이 날 구해주셨어. 그런데 이상하게도 그분이 잊혀지지 않아. 누구실까? 우리 마을에 사시는 분일까?"

그 순간 몸이 굳어진 나는 어색하게 웃을 수밖에 없었다.

"……."

오늘도 나의 하루는 평화롭다.

Contral A

이미애

요즈음 들어서 나에게 특별한 고민이 생겼다. 그 특별한 고민이라는 게 대부분의 사람들은 이해하지 못할 주제랄까. 털어놓고 이야기하면, 나에게는 이상한 능력이 생겼다는 게 내 고민이다. 세 글자로 초능력 정도는 될 거 같기도 하다. 이 능력이 도대체 왜 생긴 걸까?

내가 학업 문제와 친구관계 문제로 이리저리 스트레스를 왕창 받았던 어느 날의 국어시간이었다.

"국어 진짜 왜 배우는 거예요? 어차피 한국어인데."

내 옆에서 건들거리며 앉아있던 민호가 큰 소리로 떠들었다. 가뜩이나 스트레스로 인해 아팠던 머리가 민호 때문에 더 아프기 시작했다. 난 수업이라도 열심히 듣고 싶었는데 민호의 한 마디로 인해 열심히 듣기는 아무래도 힘들 거 같다. 선생님 역시 민호가 한 말을 들으셨는지 수업 중간에 민호를 바라보며 말씀하셨다.

"민호야, 국어에는 한국어만 배우는 게 아니야. 물론 민호 말처럼 한국어, 문법도 배우지만 국어책에 많은 글들이 있잖아. 그걸 바탕으로…"

"별로 궁금하지 않은데요?"

민호가 선생님의 말을 뚝 자르고서는 말했다. 분명 국어 왜 배우냐고 물어본 사람이 누구였더라. 내가 만약에 선생님이라면 저 녀석의 생기

부를 재미있게 써 놓았을 것이다. 그나저나 선생님은 조금 화가 나신 듯 표정이 살짝 굳어있으셨다.

"민호가 방금 국어 왜 배우냐고 큰 소리로 말하지 않았니?"
"선생님한테 물어본 거 아니었어요."
수업 열심히 듣기는 힘들 거 같은 게 아니라 아예 망한 거 같다. 민호와 선생님한테 불꽃이 튀기는 거 같았다. 그때,
쾅—
민호가 갑자기 의자에서 일어났다. 그 덕에 민호의 의자가 뒷자리 책상에 부딪힌 것인지 큰 소리가 났다.
"저 화장실 다녀올게요."
갑자기 화장실을…? 딱 봐도 그냥 수업 듣기 싫다는 게 눈에 확 띄었다. 선생님도 화가 나셨는지 큰 소리로 민호를 불렀다.
"김민호!"

평화롭게 수업을 듣는 걸 망쳐버린 나는 속으로 김민호가 자빠지길 빌었다. 가다가 넘어져서 얼굴이나 붉혀라!
쿵—
갑자기 난 큰 소리에 나는 민호 쪽을 돌아보았다. 반 애들이 살짝 피식 웃는 소리가 들렸다. 민호를 바라보았더니, 민호는 넘어진 듯 교실 바닥에 누워있었다. 민호는 동시에 얼굴을 붉히면서 그 자리에 벌떡 일어나 교실을 재빠르게 나갔다. 나는 민호가 넘어져서 쪽팔렸을 것이라

는 생각으로 가득 차서 내 바람이 이루어졌다는 것을 신경 쓰지 못하였다. 하지만 빠른 시간 내에 알게 되었다.

"윤은비! 오늘따라 더 못생겼네!"

어휴 어떻게 하루도 안 빠지고 저런 말을 하지? 한 남학생이 내 이름을 부르면서 오늘도 시비를 걸고 간다. 딱히 상대해주기 귀찮아서 대충 갈 길 가다가 넘어지길 바랐다.

"우왓!"

쿵 하는 소리와 함께 그 남학생이 넘어져 버린 광경을 바라보았다. 요즈음 신께서 내 요청을 잘 들어주시는 것 같음을 느꼈다. 음 설마, 어 음… 우연이려나? 나는 고개를 돌려서 복도를 뛰어다니고 있던 여학생들과 남학생들을 바라보았다. 재네들도 넘어져 봐야 안 뛰어다닐 거 같은데.

우당탕탕-

복도를 점령할 듯이 뛰어다니던 학생들이 도미노 쓰러지듯 우르르 넘어졌다. 아무래도 이거, 우연은 아닌 거 같다.

난 이렇게 나에게 갑작스럽게 생겨난 능력을 눈치채게 되었고, 이 능력이 어떠한 이유로 생겨났는지에 대해 생각하는 중이다.

따뜻함의 능력

김소은

난 시공간을 초월할 수 있는 능력을 가지고 있다. 이 능력으로 불법적인 여행을 다니고 있다. 여러 곳을 돌아다니면서 도움이 필요한 사람을 돕기도 하고 가끔 엉뚱한 장난을 치기도 한다.

이 능력을 얻게 된 건 3년 전 엄마가 돌아가시면서부터이다. 엄마는 과로로 세상을 떠나셨는데 장례식 첫날 밤 꿈에 엄마가 나타나시더니 떠나기 전 마지막 선물이라며 이 능력을 남기고 떠나셨다. 덕분에 날 혼자 두고 간 엄마를 원망하진 않는다.

그런데 이 능력은 왜인지 정확히 알 순 없지만 내가 알아낸 바로는 공간은 마음껏 이동할 수 있지만 시간은 1년에 3번, 딱 3번만 이동할 수 있는 것 같다. 아마 시간은 공간보다 소중하기 때문일까? 정확한 이유는 아직까진 알 수 없다.

사실 나는 이 세상을 살아가면서 내가 이 세상에 존재할 이유가 없다 생각을 했었다. 그런데 이 능력이 생기면서 처음으로 내가 이 세상에 꼭 필요한 존재라는 것을 알게 되었다.

전에 한 건물에 화재가 났을 때 내가 공간 이동으로 건물에 갇힌 한 중년 여성을 구한 적이 있었다. 그때 그분이 내게 했던 말은 아직도 잊혀지지 않는다. 그저 '고맙습니다'라는 말이었지만 내가 태어나서 처음으로 들어본 세상의 따뜻한 말이었다. 한번 따뜻한 말을 들으니 마음이 따뜻해지고 뿌듯함이 들어 계속해서 이 일을 해오고 있는 것 같다.

사실 이 능력이 생기고 나서 마냥 행복해지기만 한 것도 아니다. 내가 조금만 더 빨리 봤다면 누군가를 구할 수 있었던 상황인데 그러지 못했을 때 너무 가슴이 아파 눈물을 흘린 게 한두 번이 아니다. 그럼에도 저 짧지만 따뜻한 한마디를 듣고 다시 한 번 나에게 이 능력이 생긴 건 축복일 거라는 생각이 든다.

1년에 딱 세 번 쓸 수 있는 시간 이동 능력….

사실 난 엄마가 해주신 따뜻한 된장찌개가 그리워질 때, 엄마의 얼굴이 보고플 때, 그때 말고는 아직까진 돌아가 본 적이 없다. 그래서 나에게 이런 능력이 있다는 건 오직 우리 엄마만 안다.

오늘따라 그립다. 엄마의 얼굴이, 그 된장찌개에 구수한 맛이. 빨리 시간을 돌려야겠다.

시계가 멈춘 순간

김하언

모든 세상이 얼어붙을 듯 추운 어느 겨울날, 긴 파마머리의 한 여자가 전화를 받는다. 전화를 받는 순간부터 그 여자의 인생은 송두리째 뒤바뀐다. 그리고 그 한 여자는 바로 나다.

한가한 오전을 즐기고 있는 나는 나이 드신 어머니를 모시고 사는 중이다.

띠리링– 띠리링–

전화가 걸려오고 있었다. 원래 저장되어 있지 않은 번호는 받지 않는 나였지만, 왜인지 그 전화가 받고 싶었다.

"여보세요!"

수화기 건너편에서도 황급한 목소리가 흘러나왔다.

"강선덕 씨 보호자 되시나요?"

어떻게 우리 엄마의 이름을 알지? 라는 생각이 들었다.

"무슨 일이신가요?"

"맞으신가요?"

"네. 맞는데 무슨 일이시죠?"

불길한 예감은 틀리지 않았다.

"지금 강선덕 씨가 쓰러지셨으니 빨리 오셔야 할 것 같습니다."

그제야 수화기 너머가 시끌벅적하다는 것을 알아차렸다. 수화기에선 여러 가지 용어들이 흘러나왔고, 그게 의사가 쓰는 용어라는 것도 알아차렸다. 황급히 사람들 틈을 빠져나온 나는 바뀌지 않는 신호등을 무시한 채 달렸다. 어떤 누가 가족이 쓰러졌을 때 제정신이겠는가? 나도 마찬가지였다. 무단횡단을 하는 나에게 몇 대의 차들이 미친 듯이 클랙슨을 울려댔고, 그 사이로 무섭게 달려오는 오토바이를 보았다. 나를 보지 못했는지 오토바이는 이미 내 코앞까지 다가와 있었다. 나는 두 눈을 질끈 감았다. 사람이 죽기 전 원래 시간이 느리게 가던가? 전혀 부딪힌 느낌이 나지 않았다. 쎄~한 느낌이 들자 나는 눈을 떴고, 오토바이의 운전자와 눈이 마주쳤다.

"죄송합니다."

급히 사과를 하고 뛰어가려던 나는 발걸음을 멈췄다. 그렇게 빨리 달리던 오토바이가 갑자기 멈출 수 있나? 왜 아무도 내게 소리치지 않지? 왜 클랙슨도 더 이상 울리지 않는 거지? 그리고 알았다. 바람도 한 점 불지 않고, 아무도 움직이지 않는다는 것을. 처음엔 받아들이지 않았다. 아니 받아들이지 못했다. 아무리 믿기지 않는대도, 지금 내가 해야 할 일은 병원에 가는 것이었고, 몇 분을 달려 병원에 도착했다. 하지만 도착하면 무엇하겠는가? 아직 시간은 멈춰 있었고, 환자들이 고통스러워하는 모습이 보이기만 할 뿐 난 아무것도 할 수 없는데….

땀으로 범벅이 된 얼굴을 유리문을 통해 보게 되었고, 시간도 흘러가지 않겠다 화장실로 갔다. 이 찝찝함과 수상한 기운을 털어버리고 싶었다. 물로 세수를 했다. 그때였다. 오토바이가 내게 달려왔을 때처럼 심장이 뛰었고, 이내 눈을 깜빡였다. 갑자기 밖이 시끌시끌해진 것을 한번에 느낄 수 있었다. 밖으로 나갔다. 시계를 보니 내가 전화를 받은 후 5분이 지나 있었다.

무사히 엄마의 수술은 시작되었고, 성공적이었다. 갑자기 초능력을 얻게 된 나는 얼떨떨하였지만, 왠지 좋은 곳에 쓸 수 있을 것 같단 확신이 들었다. 그 후로 난 이 능력의 비밀을 알아냈다. 내가 소중하게 여기는 사람이 위험할 때 그 힘은 발휘된다. 또한 물이 닿으면 시간이 다시 흘러간다.

내게 왜 이런 능력이 생겼는지는 모르겠지만, 내 추측으로는 남을 위한 마음이 아닐까 싶다. 그래서 난 이 세상 사람들에게 한마디 하고 싶다.

"여러분은 모두 초능력자입니다. 그 능력이 나타나지 않는다고 실망하지 마세요. 당신 안에 잠들어 있을 뿐입니다. 초능력자라고 남들과 다르다고 생각하지 마세요. 그들은 평범한 세상 속에서 평범한 모습으로 남을 위하며 열심히 살아가고 있으니까요."

초능력에 대한 상상

곽도희

오늘 당신에게 초능력이 생긴다면 어떨 것 같나요?

어느 날 갑자기 초능력이 생긴다면 어떻게 하실 건가요?

이 이야기는 어느 날 한 소녀에게 생긴 이야기입니다.

이제 중1이 된 태연이라는 이름을 가진 아이입니다.

어느 날 나에게 심각한 문제가 생겼어. 나는 이제 겨우 중1이 되었어. 생일날 꿈을 꿨어. 어느 한 남자가 나에게 무슨 말을 했는데 그게 무슨 내용인지 기억이 안 나. 분명 그 꿈을 꿀 때 너무나 행복했어. 그 꿈은 매일 반복됐어. 시간이 갈수록 선명해지고 목소리도 더 잘 들려왔어.

그런데 이 이야기를 친구들한테 하면 이상한 아이 취급당할까 봐 이야기를 못 하겠어. 그리고 우리 학교에서 제일 무서운 과학 선생님 시간에 반 아이들이 너무 떠드는 거야. 나는 놀라서 두리번거리니까 얘들이 떠들고 있으면 입이 움직여야 하는데 안 움직이는 거야. 주위가 너무 시끄러웠어. '듣기 싫다'라고 생각되니까 더 이상 소리가 들리지 않았어.

나는 과학시간에 생긴 일에 의문을 가지고 하교를 하고 있었지. 그런데 우리 반 여우인 정현이가 다가오는 거야. 정현이가 "나 남자 소개해 주면 안 돼?"라고 이야기하는데 '얘는 도대체 무슨 생각을 가지고 사는 거지?'라는 생각을 하는 순간 정현이의 생각이 읽히는 거야.

나는 너무 놀라서 정현이에게 "생각해볼게"라고 이야기하고는 얼른 집으로 가서 계속 생각했어.

'이게 뭐지? 우연인가? 왜 남들의 속마음과 생각이 보이는 거지?'

너무 무섭고 의문이 생겼어. 그러다가 꿈속에 나오는 그 사람은 알 것 같아서 얼른 잠자리에 들었지. 꿈에도 역시 그 남자가 나왔어. 그가 나에게 말했어.

"너는 초능력을 타고난 아이야. 그래서 너에게 초능력이 있는 거야. 너는 초능력을 잘 다룰 거야. 그럼 너의 궁금증이 풀리길 바란다."

내가 왜냐고 물으려는 순간 나는 잠에서 깨어났어. 난 인터넷을 뒤져 내게 생긴 그 능력이 무엇인지 찾아보니 '주시 초능력'이라고 나와 있었어. 나는 너무나 놀랐어. 그리고 비로소 내가 초능력자인 것을 깨달았지.

– 1부 The end –

어떠신가요?

꿈에서 나타난 의문의 한 남자 그리고 초능력 등 많은 의문점이 생기고 있죠? 자신이 주시 초능력자임을 알게 된 태연의 이야기였습니다.

이번에는 이와 비슷한 일이 생긴 한 소년의 얘기입니다.

그 소년의 이름은 우진입니다.

어느 날 꿈에 한 남자가 나왔어. 그 남자는 나에게 무슨 얘기를 하는 것 같은데 나는 별로 신경 쓰지 않았어. 그런데 갑자기 심각한 문제가 생겼어. 사촌 동생이 와서 숨바꼭질을 하며 놀아주는데 애들이 내기를 제안하는 거야.

"형이랑 우리랑 내기하자! 형이 숨고 우리가 찾는 거야."

알겠다고 하니까 동생들이 "형이 지면 우리들 아이스크림 사줘"라고 얘기하는데 애들이 너무 원하길래 동생들의 내기를 받아줬어. 그런데 나는 이번 달 용돈이 바닥이라 절대 지면 안 됐어. 내가 얼른 숨는데 숨을 곳이 없는 거야. 그래서 순간 '아 투명인간이 되고 싶다'라고 생각했지.

그때 놀라운 일이 일어났어. 애들이 나를 그냥 지나치는 거야. 방에 거울이 있었는데 그 거울 속에는 내가 안 보였어. 그러다 아이들이 항복했고 '이제 투명인간 그만! 이라고 생각했더니 내 모습이 보였어.

이게 무슨 일인지 한참을 생각하다 꿈속의 나온 의문의 남자가 떠올랐어. 오늘 밤은 그 남자의 말을 잘 들어보기로 하고 밤이 오길 기다렸어. 기다리다가 보니 요즘 태연이가 이상한 말을 했던 게 생각났어. 그게 초능력 어쩌고 하는 거 같았거든. 나중에 기회 될 때 물어보기로 하고 나는 잠자리에 들었어.

그리고 그날 밤에도 그 남자가 나타났어. 그 남자가 나에게 말하더군.

"우진 군 많이 놀란 거 알고 있어. 네가 나의 말에 귀를 기울여주니 너무 좋은걸. 우진 군은 타고난 아이야. 그리고 네 친구 중 너처럼 초능력을 타고난 애들이 있으니 애들한테 물어보렴."

나는 꿈에서 깼어. 나는 영화에서 본 게 떠올랐어. 바로 '초능력자'라는 영화야. 초능력 중에도 투명인간이 되는 거야. 그리고 오늘 학교가 끝나고 태연이를 찾아가기로 했어.

– 2부 The end –

지금까지 여러분은 태연 양과 우진 군의 이야기를 읽었습니다. 아직도 의문이 풀리지 않는 꿈속에 나타난 남자 그리고 초능력을 가진 두 아이들이 이 의문을 어떻게 풀지 모르겠습니다.

그리고 또 다른 초능력자가 모습을 드러냅니다.

그 초능력자의 이름은 윤호입니다.

나는 그냥 판타지에 관심이 많은 흔한 중1이야. 특히 초능력에 관심이 많아. 어느 날 꿈속에서 어떤 한 남자가 나와서 나에게 무슨 얘기를 하는데 잘 안 들렸어. 얼핏 '초능력'이란 말을 들었어. 그리고 나는 밤마다 꿈속에 나온 남자에게 관심을 가지고 조사를 시작했어. 그러다가 자료가 하나도 안 나오고 힘들어서 침대에 누웠는데 핸드폰에 메시지가 왔어. 핸드폰이 책상에 있었는데 가져오기 귀찮은 거야. 난 생각했어.

'저절로 핸드폰이 내 손으로 왔으면 좋겠다.'

그런데 그 순간 책상 위에 있던 핸드폰이 둥둥 떠서 내 손으로 날아오는 거야! 그걸 보고 깨달았지. 꿈속에 나온 그 남자는 나에게 초능력이 있단 걸 알려주려고 했던 것 같아.

나는 오늘 밤 그 남자에게 물어보고 싶었어. 그래서 밤이 오자마자 잠자리에 들었어. 꿈속에 그 남자가 나타나 나에게 이렇게 이야기했어.

"윤호 군은 초능력을 타고난 아이란다. 너는 내가 지금까지 본 초능력자 중 가장 강한 능력을 가지고 있어. 네가 다른 사람에게 함부로 사용하거나 이야기하면 안 되는 거였다."

얘기가 끝나는 순간 잠에서 깼어. 그리고 나 말고 다른 초능력자가 있다는 걸 알게 되었지. 그러고 보니 우진이가 요즘 투명인간에 관심을 가지고 있었다. 나는 우진이를 찾아보기로 했다.

– 3부 The end –

여러분은 지금까지 3명의 아이들의 초능력과 만난 것에 대한 이야기를 보셨습니다. 하지만 아직까지 풀리지 않는 비밀, 초능력과 꿈속에서의 의문의 남자, 앞으로 알아가야 할 게 산더미인데 과연 이 3명은 이 의문들을 없애고 진실의 앞에 다가가게 될지 궁금해지네요.

어느 날 태연, 우진, 윤호는 같은 꿈을 꾸게 되었어. 의문의 남자가 나타나 이렇게 얘기했어.

"태연양, 우진군, 윤호군 반갑습니다. 일단 저는 누군지 알려드릴 수 없습니다. 저는 존재하지 않는 사람이기 때문이죠. 여러분은 각각의 초능력을 타고난 아이들이에요. 하지만 여러분의 초능력은 아무에게나 얘기하거나 사용해서는 안 됩니다. 보통 사람들이 초능력자인 여러분을 알게 되면 여러분이 위험해질 거예요. 그러니 초능력은 꼭 필요할 때만 쓰세요. 여러분이 초능력을 잘 다룰 거라 믿어요."

아침이 되었어.

세 사람은 의문의 남자의 말처럼 앞으로 초능력 없이 지내기로 약속했다. 언제까지 그 약속을 지킬 수 있을지는 아무도 모르지만….

– The end –

지구 최초 초능력자!

김민성

2018년 4월 7일 비가 엄청 내린 날, 나는 학원에 늦어 우산을 쓰지도 않은 채 학원으로 뛰어갔다. 그런데 갑자기 하늘에서 번개가 마구마구 떨어졌다. 그 번개는 내 머리 쪽에 정확히 떨어졌다. 사람이 길 가다가 벼락에 맞을 확률은 1퍼센트도 안 된다. 내가 시험 전 과목을 모두 다 맞을 확률보다 낮은 확률이다.

그런데 나는 벼락을 맞았다. 그런데 죽지 않았다. 그리고 하나도 아프지 않았다. 나는 지금 일어나는 일이 꿈인 줄 알았다. 하지만 꿈이 아닌 실제 상황이었다. 나는 그때 내가 죽지 않는 초능력을 가지고 있다는 것을 알게 되었다.

나는 어렸을 때부터 초능력에 관한 책에 관심이 많았다. 그런데 진짜 사람이 초능력을 가지고 있다는 것, 그것도 수많은 사람들 중에 내가 초능력을 가지고 있다는 생각에 너무 신났다. 그래서 여기저기 알리고 싶었다. 그런데 내게 초능력이 있다는 것을 친구들과 부모님께 말했는데도 한 명도 믿어주는 사람이 없었다. 나는 너무 답답했고 또 사람들이 날 믿어주지 않아 답답하고 슬펐다.

다음 날 내 친구 진구가 횡단보도를 건너고 있는데 경찰과 추격전 중인 음주운전자가 진구를 보지 못한 채 브레이크를 밟지 않고 진구에게 달려들었다. 그때 나는 내가 죽지 않는 초능력자라는 것을 생각하고 진구이게 달려가 진구를 밀쳐내고 대신 내가 차와 충돌하게 되었다. 나는 차와 충돌하고 약 30미터 정도 날아갔다.

철수와 주변 사람들은 내가 날아가는 것을 보고 나에게 달려왔고, 119에 전화를 하며 괜찮냐고 물어봤다. 나는 죽지도 않고 하나도 아프지 않았다. 내가 바로 일어나자 사람들이 나를 보고 모두 놀라워했다. 사람들은 그제야 내가 초능력자라는 말을 믿어주었다. 나는 이번 일로 지구 최초 초능력자로 불리는 영웅이 되었다. 정만 뿌듯하고 기분이 좋은 하루였다.

슬픈 노래... 슬픈 추억

이가인

나의 일상은 똑같다.

매일매일 똑같다.

아침에 일어나 잠자리를 정리하고 씻고 밥 먹고 학교 가고 공부하고 친구와 놀고 밥 먹고 학원 갔다가 집에 가고… 마치 쳇바퀴 속에 있는 햄스터처럼 같은 자리를 계속 빙빙 돌고 있다. 이런 일상이 한 달이고 두 달이고 일 년이고 계속 지속된다. 이 지속되는 일상 속에서 사람들은 발바닥에 불이 붙도록 뛰어다니며 빠듯하게 지내고 있다.

그리고… 이 일상 속에서 각종 슬픔을 느낀다. 육체적 고통의 슬픔, 이별의 슬픔, 버림의 슬픔, 배신의 슬픔… 이 슬픔을 느낄 때쯤 이 고통을 느낄 때쯤 남녀노소 누구나 성인이든 학생이든 어린아이든 눈에서 주르륵 한 방울 흘러내린다. 슬픔의 눈물이 흘러내린다. 또르르 또르르 주륵 주르륵 창밖에 빗물이 흘러내리는 것처럼 눈에서도 비가 온다. 주르륵 온다. 많이 온다. 슬픔에 소리를 낸다. 슬픔에 함성을 지른다.

하지만 하루가 지나면 아무것도 없었던 것처럼 반복되는 일상을 또 살아간다. 아마도 이건… 내 덕분(?) 이다.

난 슬플 때 노래를 부른다. 혼자 중얼중얼 눈물과 함께 노래를 부른다. 내가 노래를 부를 때 내 주위에 있는 사람들은 작은 슬픔을 잊을 수 있다. 난 항상 그렇게 슬픔을 잊어갔다. 노랠 부르고 잊고 부르고 잊고 그렇게 계속 슬픔을 잊어갔다. 그 슬픔을 잊을 수 있기 때문에 다음날 살아갈 수 있는 것이다.

난 평소와 똑같이 하루를 마치고 집에 들어왔다. 우리 집은 가난하기 때문에 화장실도 밖에 있고 방도 한 개에다가 부엌도 없다. 가스레인지 대신 버너를 사용한다. 숟가락도 딱 두 개 뿐 더 이상 있지 않다. 즉 가족이 두 명밖에 없다는 것이다. 나와 엄마 단 둘뿐이다.

평소와 같으면 집에 들어왔을 때 삐뚤삐뚤한 이를 보이며 웃으며 반겨줄 엄마와 차곡차곡 쌓여있는 엄마의 약봉지들이 어질러져 있고 엄마는 계시지 않았다. 엄마는 편찮으셔서 자주 밖에 나가지도 않으시는데 안 계셔서 깜짝 놀랐다. 나는 그 작은 집에서 엄마를 계속 부르며 찾아다녔다. 혹시 화장실에 계실까? 화장실 문도 열어보고 근처 슈퍼에 계실까 싶어 슈퍼에도 가보았다. 그러나 엄마는 어디에도 없었다.

나는 30분이 지났을 때쯤 집에 들어왔다. 집에서 전화벨 소리가 울리고 있었다. 엄마 전화일까? 싶어 우다다 달려가 전화를 받았다. 부재중 전화가 10통이나 와 있었다. 전화기 너머로 들려오는 목소리는 엄마 목소리가 아니었다. 낯선 한 여성의 목소리였다.

첫 마디가 "여기는 단욱 병원인데요"부터 시작했다. 그걸 시작으로 구구절절 이야기하기 시작했다. 나는 그 이야기를 듣고 다리에 힘이 풀려서 털썩 주저앉아 버렸다. 마지막 한 마디가 "빨리 오세요."였다. 그다음엔 뚜~ 뚜~ 뚜~ 소리밖에 들리지 않았다.

난 그 말이 믿기지 않아서 5분 동안이나 가만히 앉아있었다. 움직이고 싶어도 움직일 수가 없었다. 5분이 지나고 나는 정신을 차리고 빨리 집 밖을 뛰쳐나갔다. 택시를 타고 기사 아저씨께 무조건 빨리빨리 가달라고 계속 이야기했다. 도착하자마자 택시 문을 벌컥 열며 뛰쳐나갔다. 병원 앞 신호등은 빨간색이었다. 난 도저히 기다릴 수가 없어 난생처음으로 무단횡단을 하였다.

나는 응급실로 뛰어갔다. 그때 한 의사분이 나에게 종이 한 장을 건네주며 "유설희 씨 보호자 분이신가요?"라고 물었다.

그 종이에는 장례식 비용과 보호자동의서가 같이 있었다. 난 손이 부들부들 떨리기 시작했다. 나는 의사 선생님께 울먹거리면서 물었다.

"우리 엄마 어디 있어요?"

의사 선생님께서 내 어깨에 손을 올리고 토닥거리며 진정하시고 서류를 차근차근 읽어보고 서명을 해 달라고 말했다. 난 의사 선생님의 손을 뿌리치며 우리 엄마 어디 있느냐고 울부짖으며 물었다. 의사 선생님께서는 한숨을 푹 내쉬며 나를 엄마가 계신 곳으로 데려다주셨다. 엄마는 하얀 수건 같은 것에 덮여 있었다. 나는 엄마를 보기 위해… 아니 엄마가 아니길 바라며 수건을 목까지 내려서 쳐다보았다.

나는 몸이 얼음처럼 굳어버렸다. 다리가 부들부들 떨렸다. 우리 엄마가 아니길 바랐다. 난 그곳을 빠져나왔다. 펜을 들고서 장례식 확인서에 서명을 했다. 한 글자 한 글자 써 내려갈 때마다 눈물이 계속 흐르고, 흐르고 또 흐르고 계속 흘렀다. 소나기가 내리듯이 눈물이 계속 흘러내렸다. 멈추지 않았다.

갑작스레 반복되는 일상 속에서 틀어진 일… 너무나도 힘든 일, 말로는 표현하지 못할 감정들이 벌어진 것이다. 나는 작은 장례식장에서 노란 띠를 매고 웃고 있는 엄마의 사진을 보며 울고 또 울었다. 난 슬픔을 잊기 위해 노래를 부르고 또 불렀다. 그럼에도 슬픔은 잊혀지지 않았다.

난 깨달았다. 그 기억, 차가운 기억을 잊고 싶지 않았던 것이다. 엄마의 마지막 모습을 계속 간직하고 싶었던 것이다. 난 차가운 기억, 엄마의 마지막 모습을 마음 한구석에 묻어두었다.

나의 슬픈 노래 능력은 시간이 차차 시간이 지나가면서 사라졌다. 난 다시 반복되는 일상생활 속에서 살아간다. 단지… 엄마가 계시지 않을 뿐이다.

3부

학교에서 만난 기적

삽화: 김윤아

'학교에서 만난 기적' 창작 이야기

한경화

또 하루는 학생들에게 다음처럼 글쓰기 미션을 주었다.

"이번 글쓰기 주제는 '학교에서 만난 기적'이야.

학교생활을 하면서 이랬으면 좋았을 텐데 라고 아쉬웠던 때나 이렇게 되었으면 좋겠다는 생각이 들었던 때를 떠올려보고, 학교에서 만나고 싶은 기적, 혹은 학교에서 만났던 기적에 대해 소설처럼 써보자.

제목은 자유롭게 자~ 생각을 글로 시작!"

아이들은 처음에는 눈을 동그랗게 뜨고 다소 애매하다는 표정을 지었다. 그러나 친구들끼리 한참 두런두런 수다를 떨더니 글을 쓰기 시작한다.

하루 중 가장 많은 시간을 보내는 학교에서 좋은 일만 있으면 좋으련만 때때로 아이들은 좋지 않은 상황에 놓이기도 하고, 위기에 처하기도 한다. 선생님이나 부모님이 모르는 아이들의 다양한 학교생활 이야기들을, 아이들이 바라는 기적 같은 생각들을 듣고 싶었다.

생각을 가득 담은 눈에 고개를 갸우뚱하는 아이들의 모습, 열심히 펜을 굴리며 옆 친구가 글을 쓰는 모습을 보며 질세라 상상의 나래를 편다.

오늘도 책쓰기동아리 아이들은 학교에서 진솔하고 기발한 글을 창작해내는 기적을 만들어 내고 있다.

펜을 잡자마자 술술~~ 기적 같은 이야기가 만들어진다. 각자만의 학교에서 만난 기적에 관한 이야기가.

상상의 나래를 펴보자. 슝~~ 아이들이 만든 재미있고 기발한 이야기의 세계로 들어가 보자.

고양이를 부탁해

김윤아

완벽하게 새하얀 쪽지시험지, 날카롭게 깎은 주황색 2B연필, 그리고 아침에 새로 산 지우개. 이렇게 고리타분한 쪽지시험시간에 낙서하라고 내게 주어진 아이템들. 게다가 숨어있기 딱 좋은 창가 쪽의 구석진 뒷자리. 딴짓하기 딱 좋은 S급 자리다.

내 주위에서 들리는 소리는 연필이 서걱서걱거리는 지루한 소리뿐이다. 이 소리에 맞춰 자연스럽게 낙서를 하면 그만이다. 하지만 그걸 또 붙잡는 것이 있었으니… 그건 바로 아침에 일어나기 직전에 덮는 이불처럼 포근한 햇살이다.

'딴짓하려는데 딴짓하게 하지 말라고!'라며 소리치고는 싶었지만 그러기에는 이미 찾아와버린 졸음이다. 나의 딴짓을 방해한 햇살을 원망하며 고개를 슬쩍 들어 운동장 쪽을 쳐다봤다. 그리고 내 눈에 포착된 것은 바람에 날리는 비닐봉지…? 아니, 비닐봉지라고 하기에는 움직임이 너무 빨랐다. 게다가 지금은 바람 한 점 불지 않는 화창한 날씨다.

그럼 내가 보고 있는 건 뭐지? 햇살이 눈부셔 눈을 찡그린 순간 '비닐봉지 같은 새카만 움직이는 물체'는 학교 뒤편 창고로 이동했다. 그리고 내 뒤통수에서는 누군가가 나를 노려보는 시선이 느껴졌다.

교실 뒤에서 수업이 끝날 때까지 전봇대마냥 팔을 쭉 올리고 있어야 했다. 원인은 당연히 '수업시간 태도불량'이었고 매번 듣는 소리다. 그렇게 나는 30분 동안 교실 뒤에서 전봇대로 생활했다. 하지만 벌을 서는 와중에도 내가 창문 밖에서 본 '비닐봉지 같은 새카만 움직이는 물체'가 자꾸만 신경 쓰여서 집중이 되지 않았다.

그때, 기적과도 같은 종소리가 울렸다. 소리가 내 달팽이관을 지나자마자 나는 벌처럼 날아서 나비처럼 쏠 것처럼 교실 밖을 탈출했다. 정정한다. 나비처럼 날아서 벌처럼 쏜살같이 교실 밖을 탈출했다.

창고에 도착하는 건 순식간이었다. 궁금한 건 도저히 못 참는 성격인 탓이다. 분명 새카만 물체는 창고 쪽으로 움직였고, 문은 활짝 열려있었다. 창고 담당은 도대체 뭘 하는 건지 원… 아무튼 간에, 조심스레 어두운 창고 안으로 들어갔다.

창고 안에는 안 쓰는 책상들과 의자들이 한 달 동안 치우지 않은 내 방보다 더 어지럽고 지저분하게 놓여 있었다. 나는 창고가 어두운 탓에 천천히 걸어가려다 책상 모서리에 옆구리를 찔렸고, 그 바람에 작은 고통의 소리를 뱉어냈다. 그러자 내 옆에서 비닐봉지가 부스럭거리는 소리가 들렸다.

"뭐야, 진짜 비닐봉지였나? 괜히 왔잖아 옆구리만 아프게."

구시렁대며 비닐봉지 소리가 나는 쪽을 더듬었다. 그때였다. 솜털 같은 것이 내 손에 닿았다. 그리고는 살아있는 것 같은 움직임이 느껴졌다.

"우~ 와~ 아아아아~ 악!"

그때 당시에 내 머릿속 회로는 여기저기 난리가 아니었고, 그 와중에 호기심이라는 작은 친구가 나에게 소리쳤다. 궁금하지 않아? 궁금하지 않아? 궁금하지 않아? 무서워하면서도 너도 볼 건 다 보잖아, 안 그래? 그 말에 나는 최면이라도 걸린 듯 순간적으로 그 솜털을 잡아챘다. 그리고는 솜털을 손에 올리고 창고 밖으로 뛰어나갔다. 뛰어다닌 건 아니었지만 너무 겁에 질렸던 탓에 숨이 차올라 헉헉댔다.

내 손에서 순식간에 빠져나간 솜털은 내가 창고에서 언제 가져왔는지 모르는 비닐봉지에 코를 대고 주위를 어슬렁거렸다. 아, 가만 보니 내가 창가에서 본 새까만 물체와 똑같은 색깔의 솜털이었다. 게다가 눈, 코, 입, 뾰족한 귀에 기다란 꼬리까지 가지고 있었다.

"…고양이잖아!"

놀라웠다. 나는 그동안 고양이를 포함한 동물들을 가까이에서 본 적이 단 한 번도 없었다. 모두가 나를 피하기에 바빴다. 그런 동물이, 게다가 사람을 잘 따르지 않는다던 고양이가 내 코앞에 있다. 그리고 심지어는 부드러운 새까만 털로 내 손을 부비적댔다.

고개를 슬쩍 돌려 까만 고양이와 함께 있던 비닐봉지를 들여다보았다. 아이스크림 막대, 컵라면 용기에 먹다 남은 우유가 흐른 것이 꽤 오랫동안 창고에 방치되어 있었는지 악취가 풍겨왔다.

'이런 귀차니스트놈들… 코앞에 있는 쓰레기통에 버리는 것도 귀찮았나 보지?'

나는 계속해서 내 손을 부비적대는 까만 고양이를 조심스레 쓰다듬었다. 그리고는 어지럽게 놓여 있는 책상과 의자들을 잘 조합해 작은 친구를 위해 자유롭게 드나들 수 있는 임시 보금자리를 만들었다. 내가 만들었지만 제법 그럴싸했다. 작은 친구가 내가 만든 임시 보금자리가 마음에 들었는지는 잘 모르겠지만 거부하지는 않았다.

나는 그 작은 친구를 한동안 계속 바라보았다. 매번 산만하다며 지적을 받던 나는 이때만큼은 가만히, 조용히 집중할 수 있었다. 그때 수업을 알리는 지옥 같은 종소리가 운동장을 가득 메웠고, 나는 허둥지둥 일어나 작은 친구에게 잠깐의 이별을 고할 수밖에 없었다. 나는 그 정신없는 와중에도 그 작은 친구에게 이렇게 속삭인 게 아직도 기억에 남는다.

"좀 있다가 또 올게. 고마워."

내 머릿속의 회로에서 무의식이 이렇게 말했다.

"고마워."

나의 작은 기적에게.

편안과 고통 사이

김소은

고서인(徐人) 평안한 사람이 되라

이지예(支曳) 힘겹더라도 버텨라

눈을 떠보니 어김없이 하얀 천장이 보였다. 오래되었는지 하얗게 칠해진 페인트가 벗겨져가고 있었다. 이곳엔 아무도 없었다. 오로지 짙은 어둠뿐이었다. 밖에 있는 모든 빛이 꺼져가고 모든 곳이 어둠으로 뒤덮이고 나서야 나는 이곳을 나왔다. 한 발짝 한 발짝 걸어갈 때쯤 저기 멀리 높은 건물들 위로 떠오른 불꽃들이 보였다. 나는 불꽃을 보자마자 모자를 푹 눌러쓰고는 나의 세상에서 그들의 세상으로 들어갔다.

“지예야! 이거 봤어? 김○○이랑 이○○ 열애설 터졌잖아! 내가 그럴 줄 알았어~ 드라마 같이할 때부터 심상치 않아 보이더니~”

“……”

“지예! 왜 그렇게 넋이 나갔어? 그게 그렇게 충격적이야? 뭐 나도 처음엔 좀 놀랐어~”

“어… 아냐~ 그냥 생각 좀 하느라~”

“뭐야~ 무슨 생각을 그렇게 해?”

“아무것도 아냐! 종쳤다! 빨리 가자!”

"자~ 모두 나와서 한 개씩 뽑아가도록."

"아! 또 걸렸어!"

"나도…ㅠㅠㅠ"

"자 이번 달 청소 걸린 사람 나와서 자기 이름 말하고 가도록."

"한 자리 비었는데, 이름 안 말한 사람?"

"고서인!"

"빨리빨리 하자. 얘들아~"

"네~"

처음 본 그 애는 무지 차가워 보였다. 가까이 다가가면 누구든지 얼려 버릴 듯한 냉기를 뿜고 있었다.

"자 바뀐 청소 구역은 내일부터니까 다들 열심히 하도록. 이상."

학교 수업이 끝나고 오늘도 난 어김없이 이곳에 왔다. 오늘도 어김없이 아무도 없었다. 내가 이곳에 온 지 벌써 5년이 지났다. 이곳엔 나 말고는 아무도 오지 않기 때문에 이곳엔 오로지 나의 흔적만이 살고 있다. 나의 하루는 대부분 이곳에서 보낸다. 아무도 없어서 아무런 소리도 그 흔한 사람 그림자도 보이지 않는 이곳은 나의 세상이다.

- 다음 날

"학교 다녀오겠습니다."

오늘도 똑같은 곳에서 똑같이 해가 떴다. 해가 질 때도 마찬가지겠지. 나도 저 해와 같은지 오늘도 똑같은 하루를 살아가고 있었다. 그 애를 알기 전까진.

- 수업시간

"자~ 이번 과학 수업은 프로젝트형 수업으로 진행되기 때문에 조를 짜야 하는데 너희들 알아서 조를 짜라고 하면 당연히 안 짤 테니 나와서 뽑아가라."

"아! 또 제비뽑기야! 지겹다. 이젠…!"

"우리가 알아서 못하니까 그렇겠지. 가서 뽑아오자."

"난 1조네. 지예 너는?"

"난 3조."

"헐 어떡하냐? 그 조에 걔 있다는데…."

"누구?"

"누구긴… 고서인!"

"아… 어제 마지막으로 이름 말한 애?"

"그래 걔. 걔 학기 초인데 분위기가 너무 싸해서 애들이 먼저 말 걸어도 다 씹는 다더라. 너 조별활동 괜찮겠냐? 지금이라도 쌤한테 말씀드리는 게…."

"해인아 나 먼저 가볼게."

"화이팅!"

"안녕~ 선생님께서 자기소개 다 하라는데 나부터 할게! 나는 기여중에서 온 이지예라고 해! 좀 서투른 점이 많겠지만 열심히 할게! 잘 부탁해!"

"서인아 네 차례야. 넌 어디 중 나왔어?"

"다들 알고 있지 않나."

"……."

"아냐! 다들 모를 거야. 학기 초인데 어떻게 다 알겠어?"

"기여중, 고서인."

"와! 나랑 같은 중 나왔구나! 몰랐어. 그럼 다들 요번 조별활동 잘 해보자!"

딩–동–댕–동

"지예야 어때? 할 만하겠어?"

"다… 당연하지!"

사실은 아니었다. 해인이의 말대로 엄청난 냉기를 뿜고 있었고 한마디 물어보기조차 무서울 정도였다.

"다행이네. 열심히 하자!"

"자 다들 오늘 하루도 고생했고 청소 맡은 사람들은 청소하고 가고.

이상!"

"아 청소…."

"하기 싫다…."

여기저기서 청소를 하기 싫어하는 탄식이 들렸다. 하긴 나도 하기 싫은데 누가 청소가 하고 싶을까. 그때 드르륵 하고 청소당번이 아닌 아이들이 나가는 소리가 들렸다. 근데 그곳엔 고서인도 있었다. 고서인…? 고서인은 나와 같은 구역 청소다. 지금 보내버리면 이 넓은 곳을 나 혼자 청소를 해야 한다. 안 돼… 가서 잡아야 해!

"고서인!"

발이 엄청 빠르다. 게다가 귀에 이어폰을 끼고 있는지 안 들리나 보다!

"고서인 멈춰!"

헉… 헉… 고서 인을 따라가다 보니 학교로부터 너무 멀리 와버렸다. 애들이 청소 쨌다고 생각하면 어떡하지…? 안 되는데! 근데 여기 학교로부터 멀리 온 걸 떠나서 아예 모르는 곳으로 와버렸잖아! 어떡하지…? 어… 저기 고서인!

"고서인!"

있는 힘껏 소리를 내서인지 드디어 고서인이 뒤를 돌아봤다. 한쪽 이어폰을 빼더니 의아해하는 표정으로 처음으로 나에게 먼저 말을 걸어왔다.

"너… 어떻게 여기까지?"

너 청소당번이라고 이야기해야 하는데… 숨이 너무 차서 말을 못하겠다.

“네가 어떻게 여기 있냐고?”

“아니… 너 청소당번이야! 근데 네가 까먹고 그냥 가는 것 같아서…!”

“당장 가.”

어이가 없었다. 자기가 청소 잊어버리고 갔으면서 친절히 찾아와준 나에게 저렇게 정색을 하고 가라고 하다니….

“갈 테니까 먼저 가라고!”

난 끝까지 이성을 잃지 않고 다시 말했다.

“같이 가자.”

“뭐…?”

“같이 가자고.”

“뒤따라 갈 테니까 먼저 가!”

“아니, 같이 가.”

내가 이 말을 한 후 잠깐의 정적이 흘렀다.

“알겠어. 대신 언덕 밑에 내려가서 기다려.”

나는 고개를 끄덕이곤 언덕 밑에서 기다렸다. 얼마 지나지 않아 고서인이 내려왔고 우리는 아무 말 없이 학교까지 걸어갔다.

학교에 왔을 땐 모두 청소를 마치고 집에 갔는지 아무도 없었다. 그렇게 고서인과 나는 조용히 청소를 했다.

'근데 아까 왜 그렇게 악을 쓴 거지? 거긴 그냥 폐건물 같아 보였는데….'

"크흠! 저기… 고서인! 아까 거기는 뭐야?"

아니나 다를까 씹혔다.

"나 이따가 거기 한 번 더 가 봐도 돼?"

"……."

"한번 가게 해주라! 내가 너 다시 데려와서 너 태도 점수도 안 깎이게 됐잖아!"

"알겠으니까 목소리 줄여."

아싸! 드디어 내 호기심을 풀 수 있게 되었다. 저 애는 왜 저렇게 말이 없는지, 그리고 그때 보았던 그 환상 같은 장소는 무엇인지, 고서인에게 물어보고 싶은 것투성이였지만 꾹 참았다.

기다리던 하교 시간이 되고 나는 고서인과 함께 나란히 걸어가고 싶었지만… 아니나 다를까 고서인은 시작도 전에 칼같이 잘라 이렇게 말했다.

"나랑 3미터 떨어져서 천천히 따라와."

좀 기분이 나빴지만 아예 오지 말라 하기 전에 조용히 따라갔다.

"우와~ 엄청 멋지다! 여기 네가 꾸민 거야?"

"억지로 따라 왔으면 조용히 구경만 하고 빨리 가지?"

무슨 말을 저렇게 차갑게 하는지 더위를 한방에 날려버릴 듯한 말이었다.

"그럼 나 몇 개만 물어보고 가도 돼?"

"아니."

"야! 너 아까부터 말투가 왜 그렇게 차가워! 사람 무안해지게 자꾸 왜 그렇게 말하냐고?"

나도 도저히 참을 수 없어 덜컥 화를 냈다. 고서인은 예상치 못한 반응이었는지 당황한 듯한 눈치였다.

"그만 가."

"이렇게 말해서 미안하지만 싫어! 나 너한테 궁금한 게 한둘이 아니란 말이야."

"하…얘가 피곤하게 하네."

고서인은 중얼거리면서 말하였다.

"내가 널 피곤하게 했어? 난 너한테 말 건 거밖에 없는데. 그게 그렇게 피곤했나 보네. 나도 네 차가운 말투 때문에 완전 기분 상했는데, 넌 어떻게 할래? 너 피곤한 건 내가 집에 가주면 되겠지만 내가 기분 상한 건 어떻게 보상해줄 건데?"

"아니. 솔직히 생각을 해 봐. 너랑 내가 막 엄청 친한 사이도 아니고, 네가 나에 대해 다 아는 것도 아니면서 너야말로 지금 나한테 폐 끼치고 있다고 생각하지 않니?"

고서인의 말투는 차가웠으나 무언가 숨기는 듯했다.

"폐라니? 나 진짜 그런 말 처음 들어 봐. 허… 칭찬을 해줬더니 욕을 먹은 기분이다, 야."

"기분 나쁘면 빨리 가."

"싫어. 안 간다고 얘기했잖아!"

"여긴 내 장소야! 내가 만든 내 구역이라고! 근데 왜 자꾸 네 멋대로 침범하려는 건데?"

"네가 궁금해서! 너는 왜 그렇게 다른 사람들과 섞이려 하지 않는 건지, 왜 그렇게 차가운지, 궁금한 것투성이라고!"

더 이상 참을 수 없었던 나는 덜컥 화를 내며 진심을 토로해 버렸다. 고서인은 내 소리에 놀랐는지 갑자기 눈물을 흘렸다.

"야! 왜 울고 그래? 알겠어. 가면 되잖아! 미안해. 그러니까 그만 울어."

대성통곡을 하는 고서인을 보며 내가 너무 미안할 짓을 했다는 걸 느꼈다. 10여 분 동안 울던 고서인은 말없이 자신의 아지트로 올라갔다. 나는 우물쭈물하다가 고서인의 뒤를 조용히 따라갔다.

다행히 고서인은 내게 아무런 말도 하지 않았다. 가라는 말의 '가' 자도 꺼내지 않았다. 그렇게 계속 침묵이 흘러갈 때쯤 나는 조심스럽게 고서인에게 말을 걸었다.

"저기…. 근데 너 집에는 안 가?"

어김없이 또 씹혔다.

"사람이 물으면 재깍재깍 답 좀 해라!"

"여기야."

고서인의 목소리는 약간 떨리는 듯했다.

"여기가 네 집이라고?"

나는 당황한 목소리로 물었다.

그리고 다시 침묵이 찾아왔다.

그렇게 계속 흘러가던 침묵을 먼저 깬 건 다름 아닌 나였다.

"저기… 뭐 하나만 물어봐도 돼?"

고서인은 말 대신 고개를 끄덕였다.

"왜 여기가 네 집이야?"

내 말에 놀란 듯 잠시 눈동자가 커지더니 이내 슬픈 표정을 짓는 고서인이었다. 고서인이 힘겹게 입술을 떼더니 천천히 말을 시작하였다.

"내가 초등학교 5학년 때였어. 그때 나는 거의 부모님이 시키는 대로 다 따랐어. 근데 어느 날부터인가 그게 싫어지기 시작했어. 그 날 터지고 말았거든.

"서인아! 학원 안 가?"

"…갈게요!"

나는 그 날 학원을 간다고 말했지만 학원에 가지 않았어. 근데 그걸 엄마가 알게 된 거야.

"고서인! 너 오늘 학원 안 갔어?"

남들이 다 놀던 어린 시절부터 학업 스트레스에 치여온 나는 더 이상 참기가 힘들어졌지.

"오늘 너무 힘들어서 안 갔어."

엄마는 당연한 듯 나에게 화를 냈지.

"지금 너한테 들어가는 교육비가 얼만데 학원을 안 가?"

평소엔 엄마 말이라면 고분고분했던 내가 점점 자아라는 걸 가지게 되면서 생각이라는 걸 하게 됐어. 그리고 부모님들 말로 '대들기'라는 걸 했지.

"누가 학원 보내 달랬어? 난 보내달라고 한 적 없어! 그리고 나 혼자서도 공부 잘하고 있는데 엄마는 왜 그렇게 날 공부 못 시켜서 안달이야? 초등학생 때는 대부분 아이들이 밖에서 뛰노는데 왜 나는 그런 자유조차 없는 건데? 왜 나만 이렇게 묶여 다니는 말처럼 살아야 하는데? 도대체 언제면 멈출 건데?"

초등학교 5학년이었지만 그동안 다닌 논술학원 수학학원 등등으로 내 말솜씨는 거의 중학교 3학년 정도 되는 솜씨였어. 한 번도 그러지 않던 내가 저렇게 말하고 나니 엄마도 당황을 했나 봐. 잠시 말이 없더라고. 그래서 엄마를 쳐다봤더니 엄마가 울고 있었어. 엄청 슬픈 표정으로. 그리고 엄마가 목이 메는 목소리로 말을 했어.

"엄마는 네가 똑똑한 것도 알고, 지금 네 나이에 공부 말고 놀아도 된다는 것도 알아. 근데도 이렇게 널 공부시키고 그러는 건… 엄마처럼 살지 않게 하려고 그런 거야. 엄마처럼 공부 안 해서 힘들게 살게 하지 않게 하려고…."

힘겹게 말하는 엄마를 보며 너무 안쓰럽게 느껴졌어. 막말을 한 내가 너무 나쁜 사람이 된 것 같았어. 난 무뚝뚝한 성격 탓에 따뜻한 말 한마디 해주지 못했어. 그렇게 그 날이 지나갔지. 근데 더 큰 문제는 그 다음 날 일어났어. 다음 날 밤, 출장 가셨던 아빠가 돌아오셨어. 아빠는 돌아오시자마자 방에서 컴퓨터를 하고 있는 나에게 화를 내셨어.

"또 놀아? 네가 지금 놀 나이야? 빨리 안 꺼? 5분 안에 안 끄면 컴퓨터 부숴버린다."

"어렸을 때라 맘이 더 여렸던 나는 너무 속상하고 화난 마음에 아빠가 나가시자마자 베개에 엎드려 펑펑 울었어. 너무 속상했거든. 그 이후로 아빠의 화는 점점 더 거칠어졌어. 항상 내가 공부하다 잠깐 쉴 때 들어오셔서는 계속해서 잔소리를 해대셨지. 아니 그건 잔소리가 아니라 칼소리였어. 내 온몸을 푹푹 쑤시는 것 같았거든.

그러다가 어느 날부터 성차별적인 발언까지 하시기 시작하셨지. '여자가 밥을 해야지'부터 '여자는 밤늦게 돌아다니면 안 돼' 등등 나는 그런 소리가 점점 듣기 거북해졌어. 그런 날들이 계속 반복되다가 결국 참지 못한 난 이곳으로 나오게 된 거야. 난 이곳을 알게 되어, 이곳을 만들게 돼서 너무 행복해. 이제 좀 자유라는 걸 찾은 것 같아. 아 그렇다고 내가 계속 집에 안 가는 건 아냐. 부모님 안 계실 때 잠깐 갔다 와."

고서인은 말을 마치더니 다시 조용해졌다.

"고마워. 얘기하기 싫었을지도 모르는데 얘기해줘서."

나는 너무 고마운 마음에 말하였다.

그때, 고서인의 등이 덜덜 떨리는 게 보였다.

고서인은 흐느껴 울고 있었다.

"울지 마. 넌 잘못 한 거 없어. 너에게 상처를 준 건 그 사람이야. 네가 얼마나 힘들었을지 다 알아. 그러니까 울지 마."

위로의 말을 잘하지 못하는 나라 따뜻한 말을 해줬는지는 잘 모르겠는데 반응을 보니 잘한 것 같다.

고서인은 고개를 푹 숙이더니 그동안 꾹꾹 눌러왔는지, 그동안 모아둔 슬픔을 다 쏟아내는 듯했다. 계속 울고 있는 고서인을 지켜보던 나마저도 너무 안쓰러운 마음에 눈물이 흘러나왔다. 우리는 원래 친했던 사이처럼 서로를 끌어안고 소리 내어 마음껏 울었다.

다음 날 아침 등교하는 고서인을 보고 나는 반갑게 손을 흔들었다. 그런데 고서인은 날 본체만체하더니 교문으로 들어가 버렸다.

'친해진 줄 알았는데. 나 혼자만 그런 거였나?'

어김없이 고서인은 하루 종일 날 아는 체하지 않았다.

딩-동-댕-동

어김없이 하교 시간이 되었다. 종례가 끝나자마자 고서인은 온데간데 없었다. 급하게 창문을 보니 고서인이 운동장을 가로질러 하교하고 있었다. 나는 급한 마음에 청소하고 있던 빗자루를 던진 채 뛰어가려 했는데 해인이가 잡았다.

"지예야 어디가? 오늘 같이 가기로 했잖아. 빗자루 던지고 어디 가려고?"

나는 다급한 마음에 내 팔을 잡은 해인이의 손을 뿌리치고 뛰어갔다.

"미안 해인아! 먼저 가!!"

"고서인!"

들리지 않는지 고서인은 등도 돌리지 않았다. 나는 있는 힘껏 소리를 질러 이름을 불렀다.

"고 서 인!"

내 소리가 너무 컸는지 하교를 하던 학생들이 모두 나를 쳐다봤다. 나는 창피했지만 창피해할 겨를 없이 고서인의 뒤를 쫓았다. 고서인은 이내 내 소리가 들렸는지 귀에 꽂고 있던 이어폰을 빼며 날 쳐다봤다. 뭐야? 하는 표정이었다.

"나랑 잠깐 얘기 좀 해."

"할 얘기가 더 남았나?"

이제 고서인의 냉기가 익숙해졌는지 나는 전혀 당황하지 않고 내 할 말을 했다.

"너 왜 나 아는 척 안 해?"

어떤 대답이 돌아올지 두려웠지만 그래도 용기 내어 말했다.

"나 원래 그러잖아."

고서인은 당연한 듯 대답했다. 그래도 내가 두려워하던 대답은 아니어서 다행이었다.

"당연한 게 어딨어. 난 네가 날 친구로 생각하지 않는 줄 알고 또 두려워했잖아. "

나는 안심이 됐는지 고서인을 껴안으며 말했다. 고서인은 놀랐는지 가만히 있었다.

“근데 왜 이렇게 나하고 가까워지려고 하는 거야?”

난 고서인의 물음에 잠시 생각에 빠졌다.

‘그러게, 내가 왜 그런 거지?’

골똘히 생각을 해보자 떠오른 답은 하나였다.

“나랑 닮아서.”

그랬다. 나랑 닮아서, 그 아이의 행동 하나하나에 눈길이 갔나 보다. 그래서 친해지고 싶었나 보다.

“너랑 내가 닮았다고? 외모부터 성격 어느 하나 닮은 구석이 없는데?”

“지금도 봐, 궁금증 많은 거. 그리고 다른 사람을 대하는 그 태도. 그게 나랑 가장 닮았어.”

“너처럼 밝은 애가 나랑 뭐가 닮았다는 거야.”

고서인 특유의 투덜댐이 묻어나는 말투였다.

“방금 나 칭찬해준 거야? 나 밝은 애라고? 기분 좋은데~”

나는 고서인과의 거리가 부쩍 가까워진 것 같아 내 이야기를 해주기로 마음먹었다.

“나도 원래 지금의 너 같은 아이였어.”

내 말을 믿지 못하는 듯 고서인의 눈동자가 흔들렸다. 내가 고서인에게 들려준 이야기는 다음과 같았다.

“나도 초등학교 5학년 때까지 너와 다를 바 없는 모습이었어. 사람들을 대하는 걸 어려워하고 누군가와 가까워지려 하지도 않았지.

나는 초등학교 2학년 때 처음으로 친한 친구들을 사귀어 봤어. 방금도 말했듯이 나는 누군가에게 먼저 다가가기를 어려워하는데 그때 처음으로 누군가가 나에게 먼저 다가와 줬거든. 아주 어렸을 적이었지만 난 똑똑히 기억해. 그때 느꼈던 그 따뜻함을. 그 뒤로 초등학교에서 3년을 행복하게 지냈어. 그런데 문제는 5학년 때 벌어졌어.

초등학교 5학년 때 이곳으로 전학을 오게 됐어. 부모님 직장 때문에 전학 간 학교에선 친구들이 모두 나를 반겨줬어. 하지만 과도하게 내성적인 내 성격을 알게 된 친구들은 하나둘 떠나갔지. 흔히 '진짜 친구'만 남는다고 하는 거 말야. 그렇게 내 주변엔 세 명의 친구들만 남게 되었어.

그러던 어느 날 햇빛이 아주 쨍쨍한 여름날 미술 시간이었어.

"지예야! 너 물감 남는 거 있어?"

마침 그때 남은 물감 5개가 있길래 빌려주었지.

"여기!"

"고마워!"

내 친구들은 아직 색칠을 다 못했는지 물감을 가지고 급하게 뛰어가더라고. 그런데 내 친구들이 향한 곳은 자신들의 자리가 아닌, 우리 반에 나만큼 내성적인 '희영이'라는 친구의 자리로 갔지. 희영이의 뒤로 몰래 간 친구들은 갑자기 희영이의 등에 물감을 뿌려대기 시작했어. 희영이는 눈치채지 못하고 있었지. 나는 보고만 있기가 너무 힘들었지. 그렇다고 다가가 하지 말라고 말할 순 없었어. 나도 너무나 내성적이었거든.

어쩔 줄 몰라 발만 동동 구르고 있을 때 반장이 그걸 봤는지 선생님께 뛰어가서 바로 그 말을 전하더라고. 그리고 선생님이 희영이에게로 가서 확인을 하시고는 내 친구들을 교무실로 불렀어.

나는 어쩔 줄 몰라 하고 있었지. 그리고 그 애들이 그곳으로 가고 몇 분 후 선생님이 날 교무실로 부르시더라고. 난 무슨 일인지 몰라 급하게 뛰어갔어. 그런데 그곳에서 난 꾸중을 들었어. 난생처음으로. 근데 웃긴 게, 내가 왜 꾸중을 들었는지 알아? 그 아이들, 내가 진짜 친구라고 생각했던 그 아이들이 내가 물감을 주면서 희영이한테 뿌리고 오라고 시켰다는 거야. 그 당시 난 너무나 억울했지. 난 아니라고 물감을 빌려준 건 맞지만 절대 그런 걸 시키지 않았다고 이야기했지만 선생님은 오히려 그 아이들의 편을 들더라. 아마 내가 전학 온 지 얼마 되지 않아 믿기 힘들었나 보지?

교무실을 나오면서 난 너무나 화가 났어. 정말 너무 화가 나서 그대로 교실에 들어갔다간 제정신으로 못 앉아있을 것 같더라고. 그래서 화장실 칸에 들어가 진정을 하고 있었어. 근데 그때 그 아이들이 들어오더라. 내가 물감을 빌려준 그 애들. 정말 그때만 생각하면 아직도 헛웃음이 나와.

"우리 성공한 건가?"

"뭐? 쌤한테 안 들킨 거."

"아니, 이지예 떨군 거!"

"아 둘 다 성공한 듯! ㅋㅋㅋ"

"기념으로 이따 고래분식 갈래? 내가 떡볶이 쏠게!"

"올~ 좋아! 아 나 틴트 좀 입술 색 다 사라졌네."

"아 근데 이지예 걔는 진짜 눈치 없다. 우리가 그 정도 티를 냈는데 알아서 떨어질 줄을 모르냐."

"그니까. 그래도 성공했으니 됐지 뭐! 가자."

너무 어이가 없었어. 마치 내가 쓰레기 취급을 당한 것 같았거든. 근데 그 때 나는 지금의 나처럼 당장에라도 나가서 소리치고 올 만큼의 용기가 없었어. 지금의 나 같았으면 당장에라도 뛰어가서 발로 팍! 했지. 그래서 걔네들이 다 나가고 나서 화장실 칸에서 한참을 울었어. 점심도 안 먹고 말이야. 더 웃긴 건 아무도 나를 안 찾더라. 그렇게 계속 혼자 다녀야 하나 걱정을 하고 있었지. 근데 시련이 닥치면 사람은 더 강해지기 마련이거든. 나도 그랬어. 그때부터 말과 관련된 책, TV 프로그램 모두 하나 놓치지 않고 봤어. 그렇게 했더니 내 겉모습이 차차 바뀌더라. 점점 밝은 아이로.

그런데 그렇게 노력을 했는데도 내 속은 아직도 그때와 다를 바 없는 것 같아. 아, 그렇다고 내 전 모습을 싫어했던 건 아니야. 가끔 바뀌었으면 하는 마음도 가지고 있었지만 그래도 난 내 있는 그대로의 모습이 좋았거든. 전혀 가식이 없는 내 모습이. 전에 네가 네 얘기 해준 거 고마워서 나도 내 얘기 한 건데 오히려 내가 또 고마워질라 그러네."

"너… 두렵지 않아?"

"뭐가?"

"내가 막 이런 거 누구한테 말하고 그럴 수 있잖아."

고서인이 크게 당황한 목소리로 말하였다.

"내가 아까 말했잖아. 너랑 나랑 닮았다고. 넌 나랑 닮아서 절대 그런 짓 못 해."

고서인은 처음으로 나에게 웃음을 보였다. 짧은 웃음이었지만 그 웃음이 우리 둘을 잠시나마 편안하게 해주었다.

- 한 달 후

그동안 참 많은 일들이 있었다. 나는 아직도 이곳 나의 아지트에서 머무르고 있다. 하지만 해가 지면 집에 돌아간다. 아빠와 담을 쌓고 살았었던 건 과거의 나. 현재의 나는 그 담을 조금씩 조금씩 허물어가는 중이다. 지예는 어김없이 밝다. 그 속까진 내가 다 볼 순 없지만 아마 속에도 조금씩 따스한 볕이 내리 쬐고 있는 것 같다. 나는 더 이상 혼자의 세계에서 지내지 않는다. 이젠 친구들의 물음에도 꼬박꼬박 대답한다. 뭐 그렇다고 내가 지예만큼 밝아진 건 아니다. 그래도 내 나름대로 많이 밝아지려고 노력 중이니 좋아지고 있는 거겠지?

나 고서인! 불안했던 삶 속에 나도 모르게 들이닥친 따스한 빛이 나를 편안하게 만들어가고 있었다. 혼자 꼭꼭 감싸고만 있던 상처를 더 이상 덧나지 않게 약도 바르고 반창고도 붙였다.

나 이지예! 더 이상 힘이 들 때, 무너지지만은 않는 내가 될 것이다. 이제는 버티는 방법을 배웠기 때문에.

이것이 우리가 찾은 남들이 볼 땐 작다고 할지 몰라도 우리에겐 너무나 커다란 기적이다.

학교에서 일어난 기적

곽도희

(내가 겪은 일)

이 얘긴 믿기 힘들 수도 있지만 내가 실제로 겪은 일이다. 하영이와 내가 옥상에서 장난을 치며 놀다가 옥상 난간에 올라간 하영이를 실수로 밀어 떨어져 죽게 했다. 그렇게 하영이가 내 곁을 떠난 지 17일이 지났다. 하영이가 떠나고 나는 가수 오디션을 보면서 하영이와의 약속을 지키기 위해 연습하고, 열심히 돌아다니며 소속사에 들어가기 위해 노력했다. 그런데 학교에서 안 좋은 일들이 하루에 하나씩 일어났다. 처음에는 사소한 일이었지만 점점 갈수록 불행은 커져 갔다.

그렇게 3~4일이 지나고 우리 반에 전학생이 왔다. 그 애는 꼭 하영이를 닮았지만 하영이는 아니었다. 그 애의 이름은 김윤호였다. 윤호는 자신이 마치 특별한 아이인 것처럼 행동했다. 그리고 우리 반 우진이라는 아이와 정말 친해 보였다.

태연이도 마찬가지였다. 나는 하영이가 떠나간 뒤로 태연이와 같이 지냈다. 내 속마음을 잘 알아주는 친구였고, 그 덕분에 윤호, 우진과 친해졌다. 우리는 늘 같이 다녔다. 그런데도 태연, 우진, 윤호는 나에게 숨기는 게 있는 것 같다. 그래도 내가 오디션 보러 갈 때마다 찾아와 응원해 주는 정말 좋은 친구들이었고, 그 아이들과 지낸 뒤로부터 불행들이 점점 사라져 갔다. 그 애들이 뭔가 나를 지켜준다는 느낌이 들 정도였다. 그래서 그런지 그 아이들에게 정이 갔다.

그러던 어느 날 태연, 우진, 윤호 애들이 하는 말을 얼핏 듣게 되었다.

"점점 문제가 커져 가고 있어. 우리가 서현이를 재앙으로부터 못 지킬 수도 있어."

윤호가 얘기했다.

"그건 그래. 하지만 이미 알게 된 이상 가만히 있을 수는 없어."

나는 아이들에게 다가가 무슨 일이냐고 물어보았다. 그러자 태연이가 입을 열었다.

"서현아, 내가 다 설명해 줄게. 우리는 다른 아이들과는 조금 달라. 그래서 그동안 우리가 네 옆에서 계속 너의 주변을 맴돌고 있는 저항을 막고 있었어."

그리고 윤호가 얘기했다.

"너 누군가에게 죄 지은 거라도 있어?"

"그 재앙의 얼굴이 나와 비슷하단 말이야."

윤호의 얘기를 듣고, 난 아이들한테 하영이의 죽음에 관한 사고 이야기를 털어놓았다. 거짓 없이 모든 것을. 그러더니 우진이 입을 열었다.

"내가 봤을 땐 너 스스로 재앙을 키운 것 같아. 그동안 너 자신을 욕하며 죄책감을 가지고 솔직하게 얘기를 못 하고, 의문의 죽음을 가진 하영이의 부모님의 슬픔이 더해져서 생긴 것 같아."

나는 그 말을 인정하고 하영이 부모님을 찾아가 모든 걸 말씀드리고 용서를 구했다. 하영이 부모님은 날 용서해줬다. 나에게 있던 재앙은 사라졌고 나는 태연, 우진, 윤호와 사이좋게 지냈다. 이런 게 바로 기적인지 모르겠다. 학교에서 생긴 가장 큰 기적인 친구들 덕분에 죄책감이 덜어지고 평소 하영이가 있던 것처럼 잘 지내게 되었다.

(질투와 저주)

내 이름은 한봉이다. 내가 다니던 학교에 윤호라는 전학생이 왔다. 그 전학생을 본 순간 첫사랑이 나에게 찾아왔다. 그런데 문제가 있다. 나는 반에서 존재감이 별로 없는 데다가 윤호는 자기 옆에 친한 애들 말고는 별로 못 있게 한다. 특히 여자애들.

그런데 서현이와 태연이랑 무척 잘 지낸다. 특히 서현이랑. 서현이 옆에는 항상 윤호가 있었고, 윤호 옆에는 서현이가 있어서 나는 다가가지도 못했다. 그래도 좋아하니깐 옆에 서현이가 아닌 내가 윤호 옆에 있었으면 좋겠다.

나는 서현이를 질투하고 저주했다. 내가 저주하는 날이 계속될수록 윤호는 서현이 옆에서 떨어지지 않고 계속 더 붙어 다녔다. 그래서 내가 서현이를 직접 없애기로 했다. 서현이를 옥상으로 불렀다. 서현이는 이어폰을 끼고 노래를 듣고 있었다. 내가 옥상에서 서현이를 밀어 버리려고 한순간 눈에 보이지 않는 누군가가 나를 잡고 있었다. 그리고 나를 끌고 가더니 나에게 말했다.

"서현이 괴롭히지 마. 안 그러면 윤호가 널 가만히 안 둘 테니까."

나는 그 말을 생각하며 집으로 돌아왔다. 창밖에 웃음소리가 들려 밖을 보니 윤호, 서현, 태연, 우진이가 웃으면서 가고 있었다. 나는 그 모습을 보고 내일은 확실히 서현이를 처리하고 윤호에게 고백할 것이라고 다짐했다.

(다음 날)

“윤호, 우진, 내가 어제 하교하다가 우연히 읽은 건데 누가 오늘 서현이를 처리한다고 했어.” 태연이가 말했다.

“아마 한봉이라는 애일 거야. 어제 옥상에서 서현이를 밀어버리려고 했어.” 우진이가 말했다.

“서현이는 무슨 원한만 쌓고 다니냐?” 윤호가 말했다.

“이거, 윤호 너 때문이거든.” 태연이가 말했다.

“왜?” 윤호가 말했다.

“얘들아, 교실에 서현이랑 한봉이가 없어.” 우진이가 말했다.

“야 서현이랑 한봉이 어디 있어?” 윤호가 교실에 있는 아이들에게 물어보았다.

“걔네들 옥상으로 간 것 같던데.” 애들이 답했다.

“그래 고마워.” 우리는 바로 옥상으로 뛰어갔다.

옥상에서 서현이와 한봉이가 얘기를 하는 것을 보고 살짝 안도했다. 그런데 한봉이가 뒤로 감춘 손에 칼이 들려있었다.

“서현아 그 애한테 떨어져 우리한테 빨리 와!” 윤호가 소리쳤다.

“왜 그래? 윤호야, 뭐 큰일 날 것도 없잖아.” 서현이가 얘기했다.

한봉이가 칼을 들고 서현이를 없애려고 할 때 보이지 않는 무언가가 칼을 다른 곳으로 던져버리고 서현이를 윤호가 있는 쪽으로 끌고 갔다.

“뭐야 왜 칼이 있어?” 서현이가 겁에 질린 채 물어보았다.

"뭐긴 뭐야. 저 녀석이 널 죽이려고 한 거 우진이가 막아준 거지." 윤호가 말했다.

"안 돼… 안 돼. 윤호한테 이런 모습을 보이다니 안 돼. 장서현 다 너 때문이야!"

한봉이가 소리치며 칼을 쥐고 서현이를 공격하려는 순간, 한봉이 몸이 움직이지 않은 채 공중에 떠 있었다.

"야! 너 뭐하는 짓이냐? 왜 가만히 있는 서현이를 왜 공격해." 윤호가 소리쳤다.

"왜? 다 널 내 거로 만들기 위해, 네가 날 봐줬으면 해서 눈엣가시를 제거하는 거라고. 내가 널 좋아해서 그런 건데." 한봉이가 얘기했다.

"너 소름 돋는다. 좋아해서 그랬다니 말도 안 되는 거 알지? 날 좋아한다는 애가 서현이가 왜 거슬려 죽이려고 했는지 나는 이해가 안 가." 윤호가 말했다.

"내가 아무리 다가가려고 해도 네 곁에는 내가 있을 자리가 없어. 다 저 녀석이 차지하고 있었다고. 그런데 어떻게 해 그냥 냅둬. 나는 널 위해서라면, 네 곁에 있기 위해서는 앞뒤 가리지 않고 다 할 거야." 한봉이가 말했다.

"네 생각은 안 해? 네가 만일 나에게 얘기했으면 나는 너를 도와줄 거야. 시도도 안 해보고 그리고 혼자 착각한 게… 나는 윤호를 친구로밖에 생각 안 해. 친한 친구 말야." 서현이가 말했다.

사태는 끝이 났다. 그리고 나서 한봉이는 다른 학교로 전학을 갔다. 나는 다시 한 번 더 우진이, 태연이, 윤호에게 고마움을 느끼고 친구라는 기적을 다시 한 번 맛보았다.

해프닝

정민주

바람이 부드럽게 부는 어느 날 오후. 벌써 6월 마지막 주 시험이 얼마 남지 않았다. 하교 시간이어서 학교에서 나와 넓게 퍼져있는 운동장을 가로질러 가면서 문득 하늘을 올려 보았다. 주황빛과 노란빛이 어우러져 있는 노을이 푸르고 진한 하늘을 조용히 물들였다.

'아! 이쁘다.'

이렇게 생각하고 있을 때쯤 하늘에서 하얀색 종이가 펄럭이며 떨어지고 있었다.

'음 뭐지?' 생각하며 그 종이를 받으려고 하는 순간, 그 종이가 내 얼굴과 맞닿았다. 나는 재빨리 누가 볼까 얼굴에 얹어있는 종이를 우악스럽게 잡았다. 무슨 종이인가 싶어 조금 구겨진 종이를 조심스럽게 보았다. 시험지다. 종이 위 칸에는 분명 중간고사라고 적혀있었다. 나는 재빨리 내 오래된 가방 속으로 시험지를 구겨 넣었다. 그리고 빨리 학교에서 벗어났다.

집에 도착하고 난 뒤 나는 책가방을 열어 방금 전 구겨 넣었던 시험지를 다시 꺼냈다. 아직까지 구겨져 있는 종이를 보고 나는 소리 없는 신음을 뱉었다.

'이걸 어떻게 해야 할지… 봐? 말아?'

그러다 나는 그 동그랗게 구겨진 종이를 가지고 벌떡 일어나 쓰레기통으로 가져갔다.

'버리자.'

쓰레기통의 발판을 탁! 소리가 날 정도로 세게 밟았다. 그리고 시험지를 들고 있는 팔을 크게 뒤로 젖혔다. 그러고 3분이 지났다. 팔이 아려온다. 이걸 버리는 게 너무 아까워서 나머지 한쪽 발만 동동 굴렀다.

엄마한테 말해볼까? 친구들에게 말해볼까? 팔을 다시 내리고 심각한 고민에 빠졌다. 대체 나는 쓰레기통 앞에서 뭘 하고 있는 건지… 괜스레 쓰레기통에게 미안해졌다.

쓰레기통 발판 위에 있는 나의 발을 책상 쪽으로 돌려 걸어갔다. 한 걸음 두 걸음… 책상 앞이다. 이 시험지를 대체 어떻게 해야 할지 책상 앞에서 또다시 고민을 한다.

'이 시험지를 지금 보면 시험을 100점 맞을 수 있을 텐데… 시험 100점 한 개라도 맞으면 엄마께서 닌텐도 사주신다고 그랬는데… 어쩌지…?'

나는 책상 위에 구겨진 시험지를 금지옥엽인 듯 조심히 올려놓고 내 손을 나의 머리에 올려놓았다. 그리고 머리를 쥐어뜯기 시작했다. 시험지를 보자니 나의 양심이 아프겠고, 안 보자니 너무 아까운 게….

'아 진짜 어떡하면 좋니? 너를….'

보고 시험을 치르다 들키면 나는 선생님께 혼날 텐데… 아 어쩌지…? 머리를 쥐어뜯는 게 너무 아파서 다시 손을 내렸다.

'그래 그냥 보자. 인생 한방이야 들키면 들키는 거지 뭐….'

그렇게 결론을 내린 나는 금지옥엽 조심히 올려놓았던 시험지를 보았다. 펼칠 때는 항상 영화나 드라마에서 그랬던 것처럼 처음엔 눈을 감고 펼치자. 그러고 조심히 실눈을 뜨는 거야. 그렇게 생각하면서 조심히 펼치면서 실눈을 떴다. 어디서 본 건 있어 가지곤… 뭔가 내 양심이 그렇게 말하는 것 같았다.

시험지를 펼쳐서 봤는데… 심지어 수학시험지야. 세상에….

'엄마, 나 수학 100점 맡고 올게요.'

그렇게 생각하며 수학 문제를 하나하나 풀어보았다.

'어라? 왜 이렇게 쉽지? 아… 내가 이렇게 똑똑했었나?'

생각보다 너무 쉬워서 당황했다.

'뭐 일단 이렇게 쉬우니까 수학공부는 하지 않아도 되겠지.'

태평한 소리를 하며 나는 수학시험지 마지막 문제를 풀었다. 수학시험지를 다 풀고 어느새 11시가 되어 침대에 누워 잠을 청했다.

그렇게 며칠이 지나 시험 당일. 따사로운 태양이 아침이라며 나의 얼굴을 빛으로 가격할 때 나는 부스스하게 일어나며 팔을 쭉 뻗었다. 기지개를 나른하게 피우며 소리 없는 하품을 했다.

오늘은 수학 시험 보는 날.

나는 콧노래를 부르며 침대에서 몸을 일으켰다. 모든 준비를 마치고 학교에 갔다. 여러 아이들이 모여 공부 얘기를 한다. 나는 전혀 두려움이 없었다. 그 아이들을 보며 생각을 했다.

'나는 이미 다 알거든~'

드디어 수학 시험이 시작되었다. 선생님께서 시험지를 나누어 주셨다. 시험지를 받아서 뒤에 있는 아이에게 팔을 뒤로 젖혀서 건네주었다. 선생님께서 시험지를 앞으로 돌려서 풀라고 하셨다. 나는 여유롭게 시험지를 앞으로 펼쳤다. 그리고 1번 문제를 보는데….

'어라? 내가 봤던 시험지가 아니다, 뭐지?'

나는 매우 당황했다. 내가 알던 문제가 아니다. 뭔가 잘못 됐다. 심지어 더 어려운 문제다. 나는 몸이 굳었다. 여러 생각들이 뒤죽박죽 섞였다.

'왜지? 왜 시험 문제가 다른 거지? 어떻게 된 거지? 설마 시험지가 다른 건가?'

여러 생각에 잠겨 시험문제를 잘 풀지 못했고, 결국 시험은 망했다. 나중에 알고 보니 그 시험지는 2학년이 아닌 1학년 시험문제지였다. 그것도 작년 시험지. 결국 나의 시험에서 일어나기 바랐던 기적은 해프닝으로 끝나고 말았다.

우리는 매일 기적을 만난다

이윤서

학교를 좋아하는 학생들이 지구상에 얼마나 있을까? 학교 하면 그저 지루하고 따분한 곳이라고 생각하는 학생들이 대부분일 것이다. 학교는 단순히 공부만을 배우기 위한 수단의 공간일 뿐일까? 보는 이의 관점에 따라 다르게 느껴질 수 있지만 나는 그렇게 보지 않는다.

굳이 학교가 아니더라도 마음만 먹는다면 공부할 수 있는 기관은 우리 주변에 널리고 널렸다. 번화가로 조금만 나가면 주요 과목부터 예체능까지 모든 종류의 학원들이 밀집한 이른바 '학원골목'을 볼 수 있다. 학원 이외에도 도서관, 독서실 등 여러 시설에서 양질의 공부를 할 수 있다.

그럼에도 학교에 다녀야 하는 이유는 무엇이며 이로 인해 우리는 무엇을 얻을 수 있을까? 나 역시 단 한마디로 정의할 수 없지만 학교에서 가장 많이 얻을 수 있는 것은 더불어 살아가는 능력이라고 생각한다.

심심찮게 볼 수 있는 아프거나 다친 친구의 무거운 짐을 묵묵히 들어주는 친구, 선생님의 어려운 부탁에도 불평 없이 임하는 후배, 후배의 고민에 공감하고 옳은 조언을 해주는 선배. '너의 불행은 나의 행복'이라는 말이 있을 정도로 지나치게 경쟁이 강조되는 사회에선 보기 어려운 학교에서만 일어나는 진정한 기적이 아닐까?

가식 없이 웃음기 가득한 친구들의 얼굴을 보며 '아, 세상은 아직 살 만하구나!' 하고 생각한다. 그렇게 우리는 매일 학교에서 기적을 만난다.

특별한 도서실

김하언

모두에겐 이것이 있다. 누구나 가질 수 있고, 누구나 꿀 수 있지만 나에겐 없는 그것. 바로 꿈이다. 변호사, 변리사, 경찰, 파티시엘…. 모두가 멋진 꿈을 안고 노력하며 살아간다. 그런 세상에서 난 동떨어진 존재다. 어떤 것을 잘하지도 좋아하지도 활발하지도 적극적이지도 않다. 이런 내게도 기적이 찾아올 있을까?

항상 자신이 없는 내가 이런 생각을 멈추게 해준 한 사건이 일어났다. 그날은 아직도 기억에 생생하다. 소설로만 읽었었던, 소설 속에만 있을 법한 일이 내게 실제로 일어났기 때문이다.

도서관에서 사서도우미를 하고 있는 나는 딱히 책을 좋아하진 않는다. 그저 지나가다 한 번씩 읽은 정도이다. 이 동아리에 들어온 이유는 다름 아닌 봉사시간 때문이었다. 적극적이지 못한 나여서 마땅히 봉사시간을 채울 방법도 몰랐다. 그러던 중 학교 게시판에 붙어있는 동아리 모집 포스터를 우연히 보게 되었다. 물론 동아리 홍보 포스터 하단에는 '봉사시간을 드립니다.'라고 적혀있었다.

처음 동아리 활동을 하러 갔을 때 약간의 의문도 들었다. 누구라도 그 상황이라면 그런 생각이 들었을 것이다. 도서실로 가자 내 눈앞에 나타난 것은 도서실의 모습이 아닌 창고의 모습이었다. 그리고 그것에 누군가 서 있는 게 보였다.

"저기…."

아무 말도 없었다.

"저기… 동아리 가입하려고 왔는데요…?"

그러자 낯선 그림자가 성큼성큼 다가오기 시작했다. 어둠 속에서 나타난 사람은 도서관 사서 아저씨처럼 보이는 분이셨고, 꽤 험상궂은 인상을 지니고 계셨다. 그러니 내가 봤던 포스터의 그 동아리가 맞나 의심이 가는 건 당연하다.

"들어오렴."

아저씨는 생각보다 험한 말투는 아니셔서 그나마 긴장이 풀렸다. 사서 아저씨를 따라 도서실에 들어가 보니 많이 더럽기는 했지만, 아늑한 곳이었다. 내 생각엔 청소부터 해야 할 것 같았다.

"저기… 여긴 원래 이렇게 더럽나요?"

"아, 편히 아저씨라고 불러라. 여긴 원래 창고였단다. 이 학교에 재학중이던 나는 도서실이 없는 것이 불편했고, 졸업을 하고 이곳에서 도서실을 만들어 일하고 있단다."

아저씨가 한쪽 구석에 있는 커피포트에 물을 끓이며 말했다.

"처음에는 아주 깨끗했었지."

물이 끓었다.

"그런데 요즘 학생들이 어떤지 아니?"

서랍 같은 곳에서 찻잔을 꺼내셨다.

“녹차로 하겠니? 홍차로 하겠니?”

“아, 저는 녹차요.”

녹차를 우려내시면서 다시 말을 이어가셨다.

“요즘 애들은 책을 전혀 읽지 않잖니?”

차를 건네주셨다.

“앉아서 얘기할까?”

방석을 건네시며 우린 자연스럽게 바닥 한가운데에 앉았다.

“학생들의 왕래가 끊기니까 자연스럽게 더러워졌어. 관리는 하고 있지만 이 넓은 곳을 나 혼자 하려니 힘들어서 말이야.”

차가 식기 시작했다. 내가 물었다.

“근데 저밖에 신청하지 않았나요? 포스터 보니까 나름 인기 있어 보이던데요.”

“아까도 말했듯 아이들이 책 자체에 관심이 없으니 원. 아무리 홍보해도 오질 않아. 네가 와서 기쁘단다.”

칭찬은 오랜만이었다. 아무리 내가 잘하는 것이 없어도 듣고 싶은 것이 칭찬이다.

“그럼 먼저 청소부터 해야겠네요.”

“그렇지.”

찻잔이 비워진다.

“하지만 오늘은 이야기하느라 시간이 다 가버렸구나. 난 언제나 여기 있을 테니 점심시간이든, 하교 후든 다음에 찾아오렴. 청소는 그때 하자구나.”

“네.”

찻잔이 비워졌다.

"그럼 다음에 또 올게요."

문을 열자 눈발이 흩날리고 있었다.

그 신비한 기적은 내가 그 창고, 아니 도서실을 며칠째 청소하던 날 일어났다.

"아저씨, 이 책은 어디에 둘까요?"

"아 참, 그걸 알려주지 않았구나. 책에 번호가 붙어있을 게다. 책장 선반 모서리에도 붙어있을 게야. ㄱㄴㄷ 순으로 정리하면 된단다. 쉽지?"

과연 쉬울지는 해봐야 아는 일이다.

어떤 날은 바닥청소, 어떤 날은 책 분류, 또 어떤 날은 책을 책장에 넣는 작업을 했다. 그리고 도서실이 차츰 도서실다워질 때 한 권의 특이한 책을 발견했다. 표지엔 아무 글자도, 제목도, 일러스트도 없었다.

'끼워 넣긴 해야지.'

생각을 하며 번호를 보려 했지만 볼 수 없었다. 붙어있지 않았기 때문이다. 아저씨께 가져다 드렸다.

"아저씨 이 책은 번호표가 없는데요?"

당황한 표정을 지으시던 아저씨는 이내 표정이 좋아지셨다. 언젠가 아저씨에게 꿈 이야기를 한 적이 있다. 난 아무것도 이루고 싶은 것도 잘하는 것도 없다고 말이다. 부모님은 더 이상 기대조차 하지 않아 더 의지가 되지 않는다고도 했다.

"한 번 열어보겠니? 아주 잠깐 동안이겠지만, 모든 순간을 잊지 못할 테니까."

호기심이 생겼다. 그리고 조심스레 두꺼운 표지를 열었다. 그 순간이었다. 밖에는 눈이 차창을 때리고 있었고, 난 눈 부신 빛에 눈을 감았다. 이윽고 그 빛에 적응되었고, 차츰 눈을 떴다. 동화에 나올법한 숲속이 있었다. 그리고 난 그 한가운데서 서 있었다.

"아저씨? 아저씨?"

불러보아도 대답이 없었다. 황당했다. 고개를 떨어뜨렸을 때 바닥에 새겨진 화살표를 발견하고 따라가기 시작했다. 얼마나 걸었을까, 바닥의 화살표는 끊겼고, 한 남자와 부딪혔다.

"죄송합니다."

고개를 숙였다.

"무엇을 원하시나요?"

그 남자가 말했다.

"네?"

고개를 들었다. 그리고 내 눈앞엔 사서 아저씨가 있었다. 다만 이상한 분장을 한 채.

"아저씨? 놀랐잖아요. 무슨 마법이라도 부리신 거예요? 도서실이 숲속이 되었잖아요!"

"무엇을 원하시나요?"

똑같은 대답이었다. 사서 아저씨가 아님을 깨달았다. 여기서 벗어나고 싶었다. 그러기 위해선 이 아저씨의 질문에 답을 해야 할 것 같았다. 곰

곰이 생각했다. 내 고민과 내가 원하는 것. 그렇다. 꿈이었다.

"제 꿈을 찾고 싶어요. 전 잘하는 것도 하고 싶은 것도 없거든요."

"접수되었습니다."

그 말과 동시에 땅 밑이 꺼졌고, 난 아래로 아래로 아래로 떨어졌다. 불빛 한 점 없는 캄캄한 어둠 속 홀로 차가운 바닥에 앉아있었다.

"아무도 없어요?"

물었다. 곧이어 빛이 밝아졌다. 하지만 누구도 보이지 않았다. 두려워졌다. 10분, 15분이 흘렀을까 여기서 빠져나오지 못할 것이라고 생각했지만 그래도 해봤다. 노력을 말이다. 여기저기 두드려보기 시작했다. 동쪽, 서쪽, 남쪽 그리고 북쪽을 향해 몸을 돌리는 순간 내 앞에 조그마한 고슴도치 한 마리가 있었다. 처음엔 왜 보지 못했을까?

"네 고민이 꿈이라고? 아무것도 잘하는 것이 없고, 하고 싶은 것도 없다고?"

고슴도치가 물었다.

"응. 내가 원하는 것을 그래서 물어봤구나?"

"맞아. 네가 원하는 것을 얻을 수 있도록 도와주려고. 그리고 넌 이미 답을 찾은 것 같아."

소심하게 말했다.

"잠깐만. 하지만 난 모르겠는걸. 내가 뭘 원하고 뭐가 되고 싶은지."

"아니, 넌 곧 찾게 될 거야. 넌 그 방법을 알고 있거든."

"내가 안다고? 전혀 모르겠어. 정말이야. 가르쳐 주지 않을래?"

간곡히 부탁했다. 정말 알고 싶었다.

"너도 알겠지만, 나에게는 따가운 가시가 있어. 다들 이 가시를 보고 도망가. 하지만 난 알아. 내 내면은 겉만큼 따갑지 않다는 것을. 무슨 뜻인지 알겠니?"

"아니 사실 잘 모르겠어."

"그러니까 지금 너의 겉면은 아무것도 좋아하는 것이 없고, 잘하는 것도 없어 보이지만 사실 너의 내면 깊은 곳에는 네가 진짜 좋아하는 일이 있단 뜻이야."

"음…."

"지금은 보이지 않을 수도 있어. 네가 날 처음에 보지 못했듯, 모든 것을 포기한 채 아무것도 안 하고, 난 할 수 없다고 생각하면 너의 내면은 꿈도 보지 못해. 하지만 네가 나가려고 노력했듯, 꿈을 찾으려고 노력한다면 그제야 보이기 시작할 거야."

고슴도치가 처음보다 더 커져 있었다.

"난 네 내면이야. 난 네가 뭘 원하는지 알고 있어. 다만 아직 가시에 둘러싸인 채 보이지 않을 뿐이야. 네가 마음의 문을 열고 뭐든 한다면 가시가 걷히고 보이기 시작할 거야. 네 꿈이."

이제 알겠다. 난 잘하는 것이 없는 게 아니라, 원하는 것이 없는 게 아니라 그렇다고 믿고 있었다는 것을. 내게 아무런 기대도 없는 부모님 때문이 아니라 내가 나 자신을 믿지 않아 가시가 돋쳤다는 것을. 그리고 난 다시 위로 위로 그리고 위로 올라가기 시작했다.

눈을 떴을 때는 도서실의 천장이 보였다.

"헉… 헉, 아저씨 제가 잠들었나요? 아주 이상한 꿈을 꾼 것 같아요."

"꿈이 아니란다."

예상했던 대답이었지만 직접 들으니 더 믿기지 않았다. 생생했던 기억들을 잊지 않으려고 노력했지만, 그렇게 잘되지 않았다.

'집으로 가서 어딘가에 적어놓아야겠어.'

나는 책가방을 메기 시작했다.

"집에 가는 거니?"

"네! 잊지 않으려고요."

아저씨는 다 안다는 듯 웃음을 지어 보이셨다. 문을 열었다

"안녕히 계세요. 내일 또 올게요."

"그래. 잊지 말아라, 얘야. 넌 아무것도 아닌 게 아니란다. 네 안에는 수많은 것들이 있어. 너 자신을 믿으렴."

"네!"

힘차게 대답하고 흩날리는 눈들 사이로 뛰어갔다. 그리고 무심코 뒤를 돌아보았을 때, 도서실의 흔적은 어디에서도 찾아볼 수 없었다.

나는 지금 꿈을 찾았다.

사서, 그게 내 꿈이다.

난 이걸 기적이라 부른다

이가인

2018년 3월 2일 난 동성중학교에 입학했다. 나는 3반이다. 3반에는 초등학교에서 보던 낯이 익은 친구들도 있었다. 하지만 기대했던 친구는 없었다. 우리 반 담임 선생님은 여자분이시고 젊으시며 쌍꺼풀이 매우 진하시다. 머리카락은 약간 노란 빛이 도는 황토색의 곱슬 거리는 긴 머리카락이다. 우리 담임 선생님은 영어 과목을 가르치신다.

우리 반은 다 같이 인사를 한 뒤 자기소개를 하였다. 그다음 서로를 제대로 알지도 못한 채 반장과 부반장을 뽑았다. 고등학교 내신점수에 0.5점의 가산점이 있다고 해서 반장을 하고 싶은 마음은 굴뚝같았지만 처음 보는 친구들이 너무 많아서 용기 있게 나가질 못했다. 이렇게 나의 중학교 입학 첫날이 끝이 났다.

나는 15분 거리인 학교를 걸어가고 있었다. 무심코 뒤를 돌아보았는데 내가 기대하던 친구가 뒤에서 걸어오고 있었다. 그 친구만 보면 막 두근거리고 설렌다. 동그란 안경을 꼈고 눈이 나처럼 컸다. 회색 가방을 메고 걸어오고 있었다. 난 심장이 터져버릴 것 같다. 내 뒤에서 걸어오다니…! 다시 한 번 뒤를 돌아보았다. 그 친구와 눈이 마주쳤다. 난 얼른 고개를 획! 돌려버렸다.

걸음을 빨리했다. 학교 언덕을 올라 안도의 숨은 내쉬었다. 그 친구도 학교 언덕을 올라오고 있었다. 자세히 보니 우리 학교 교복을 입고 있었다. 나는 너무 좋아서 교실로 뛰어갔다. 문을 벌컥 열고 나에 단짝 친구인 세영이를 불렀다. 세영이는 아직 학교에 오지 않았다. 난 발을 동동 구르며 세영이가 오기를 기다렸다. 제일 친한 친구인 만큼 나의 첫사랑 이야기를 빨리 해주고 싶었다.

빨간 가방을 멘 내 친구 세영이가 교실 문을 열고 들어오자마자 난 세영이에게 달려가 랩을 하듯이 이야기를 주저리주저리 했다.

"세영아, 이건 기적이야. 어떻게 이런 일이…?"

세영이가 말했다.

"야, 넌 왜 그런 애를 좋아하냐? 눈이 너무 낮네 낮어."

하긴 이건 맞는 말이다. 난 취향이 특이하니까. 난 얼굴보다는 성격이나 하는 행동이 귀엽고 착하다고 느껴서 그 애를 좋아하는 것이다.

나의 짝사랑 친구 이름은 박성우이다. 성우가 동성중에 다니는 걸 알게 된 뒤론 난 학교에 오면 항상 시간표를 확인한다. 1교시가 수학이다. 2교시는 성우네 반이 수학이다. 우리 학교는 교과교실제를 하는 학교라 이동수업을 한다. 그래서 이동을 하던 중 성우를 잠시라도 볼 수 있다.

난 당연히 공부를 하러 학교에 온다. 하지만 성우를 보러 학교에 더욱 가고 싶어진다. 이게 나의 행복이다. 이렇게 짝사랑하던 한 학기가 끝나갈 무렵 난 성우에게 고백하기로 마음먹었다.

그날은 마음을 단단히 먹고 학교에 왔다. 성우와 마주쳤다. 그런데 내가 정성 들여 쓴 편지를 전해줄 기회를 놓쳐버렸다. 점심시간에도 마주쳤다. 그런데 기회를 또 놓쳐버렸다. 이제 마지막 기회다. 종례 후 학원 가는 길이!

성우네 반이 종례를 끝냈다. 난 신발을 갈아신고 성우를 찾아갔다. 용기를 내어 성우 옆으로 다가가서 인사를 했다.

"안녕 성우야! 난 3반에 이은빈, 은빈이라고 해."

"어. 근데 내 이름은 어떻게 알았어?"

성우가 묻자 난 대답을 하지 못했다.

"그건 그렇고 날 찾은 이유가…?"

난 뜸을 들였다. 한 1~2분 정도 머뭇거린 뒤 숨을 깊게 마시고 가방에서 편지를 꺼내 주었다. 성우에게 건네주었다.

"이거 버리지 말고 끝까지 읽어줘. 버리면 안 돼!"

이야기를 마치자마자 학원으로 총알같이 뛰어갔다. 나는 숨을 헉헉거렸다. 가슴이 막 두근두근하면서 가만히 있지를 못했다. 난 이 기분을 주체할 수 없었다. 마치 엄청난 금화를 찾아낸 기분이었다.

그날 밤 난 별의별 생각을 다 했다.

'만약에 성우가 내 고백을 받아주면 어떻게 하지? 큭큭'

난 누워있는 채로 발로 이불을 뻥뻥 차며 계속 웃어댔다. 성우와 팔짱을 끼고 영화도 보러 가고, 같이 밥도 먹고, 웃고 떠들고… 생각만 해도 너무 즐겁고 행복했다. 빨리 내일이 왔으면 좋겠다. 나는 설레는 마음 때문에 잠을 거의 자지 못했다.

다음날 학교 점심시간에 성우에게 가서 물어보았다.

"편지 읽어봤어?"

난 당연히 "어"라고 대답할 줄 알았다. 근데 그 반대였다.

"아니."

라고 성우는 대답했다. 나는 어이가 없어서 "어?" 하고 되물었다.

성우는 또 해맑게 웃으며 "앞장은 읽었어. 뒷장만 읽으면 돼"라고 말했다.

난 빨개진 얼굴을 감추며 교실로 돌아갔다. 그 후 나머지 수업은 대부분 멍 때리고 있어서 무슨 내용을 들었는지 하나도 기억이 나지 않는다.

여름방학은 딱 24시간 남아 있었다. 설레는 마음을 안은 채 잠이 들었다. 우리 학교 방학식은 성대했다. 학교가 아닌 ○○대학교에서 지역사회와 함께하는 특색있는 방학식으로 진행을 했다. 전교생이 모두 모이는 거라 성우에게 편지에 대한 답변을 물어볼 수가 없었다.

그렇게 정신없이 흘러간 1학기를 무사히 마쳤다. 아! 한 가지만 빼면 말이다. 성우에게 편지에 대한 답변을 듣는 것만 빼고. 이것만 들으면 나의 1학기가 잘 마무리되었을 텐데…. 아쉬움을 뒤로 하고 여름방학에 들어갔다.

난 여름방학의 절반을 성우 생각만 했다. '성우가 내 고백을 받아주면 어떻게 하지?' 생각하면서 말이다. 시간이 흐르면서 성우 생각이 더 커져 갔다. 이젠 '성우랑 사귀면 뭘 할까?'라는 생각도 한다. 정말 성우와 사귀면 성우와 함께 꼭 영화를 보고 싶다. 영화를 본 후에는 영화 이야기도 하며 웃고 떠들고 싶다. 정말 행복할 것 같다.

이렇게 성우에 대한 생각이 깊어가는 데에는 이유가 있다. 물론 좋아하니까. 하지만 아직까지도 이렇게까지 성우가 내 고백을 받아줄 거라고 믿는 이유는 성우는 여자애들에게 인기가 없기 때문이다. 그리고 성우는 연애를 해본 적이 단 한 번도 없다고 들었다. 그래서인지 그런 믿음은 컸다.

두 달이 지나고 선선한 가을이 찾아올 때쯤 우리에 개학일이 찾아왔다. 우리 반 친구들은 하복이 아닌 동복을 입고 있었다. 성우도 마찬가지로 동복을 입고 있었다.

3교시가 끝나고 쉬는 시간에 복도에서 성우와 마주쳤다. 그런데 성우의 눈빛이 예전과 달랐다. 처음에 나를 쳐다보던 눈빛과는 달랐다. 해맑게 웃지도 않았다. 성우의 눈빛은 차가웠고 고민이 몹시 많은 표정이었다.

나는 성우에게 편지에 대한 대답을 듣고 싶었다. 하지만 성우의 차가운 눈빛을 보고 먼저 말을 걸 용기가 나지 않았다. 그 날 이후 나는 용기가 점점 없어져 갔다.

휴일이 지나고 다시 월요일이 찾아왔다. 난 복도 중앙에 있는 시간표를 확인했다. 성우는 2층에 올라가기 위해 내 뒤를 지나가고 있었다. 나도 모르게 성우의 얼굴을 빤히 쳐다보았다. 성우도 내 얼굴을 빤히 쳐다보았다. 한 5초 정도 쳐다본 것 같다. 성우는 애매모호한 웃음을 지으며 2층 계단을 올라갔다.

난 3분씩이나 그 자리에 서 있었다. 수업 준비 1분 종이 치는 소리와 함께 나는 교과교실을 향해 달려갔다. 나는 행복했다. 난생처음으로 5초라는 시간이 길게 느껴졌다. 그리고 성우를 그렇게 오래 쳐다본 것처럼 느낀 것도 처음이었다.

성우의 애매모호한 웃음의 의미를 알고 싶었다. 말을 걸고 싶었지만 성우 앞에만 서 있으면 내가 하고 싶은 말이 입 밖으로 나오지 않는다. 그래서 성우 얼굴만 쳐다보기만 한다. 한심하게 하고 싶은 얘기도 못 하고… 난 정말 한심하다.

시간이 정말 빨리 지나가나 보다. 벌써 한 달이 후딱 지나갔다. 그 한 달 동안 나는 발전 없이 계속 성우를 쳐다보기만 했다. 난 성우에게 확실한 대답을 듣기 위해 성우 친구인 백준민에게 성우 전화번호를 물어봤다. 준민이는 "왜"라고 물어봤지만 난 대충 둘러댔다.

학원을 끝내고 8시에 집에 들어갔다. 난 내 방으로 들어와 문을 잠그고 숨을 한껏 깊게 들이마신 다음 휴대폰을 집어 들었다. 도저히 성우 얼굴을 쳐다보고는 물어볼 수가 없었다. 그래서 전화를 하려고 했는데 성우의 목소리를 들으면 이야기하지 못할 봐 결국 문자로 하기로 했다. 성우는 내 전화번호를 모른다. 나만 성우 전화번호를 안다.

'첫 마디를 어떻게 시작해야 자연스럽게 대화가 이어질까? 어떻게 해야 성우가 날 이상하게 생각하지 않을까?'

이 고민을 30분을 했다. 결국 고민 끝에 이렇게 문지를 보냈다.

"박성우"

몇 분 뒤 성우에게서 답장이 와 이야기를 이어나갔다.

"누구세용?"

"나… 너 좋아해서 편지 보냈던 사람."

"아… 정말 미안해. 미리 답을 못 해줘서."

"그럼 편지에 대한 대답은?"

"정말 미안해."

"……."

"난 아직 누굴 사귈 생각이 없어"

"……."

"미안해. 미리 얘기 못 해줘서"

"……."

"미안해."

"……."

성우는 계속 미안하다고만 하였다. 내 잘못이 아닌 데도 성우가 미안하다고 할 때마다 눈물이 계속 흘러나왔다. 난 소리 없이 울었다.

다음 날… 학교에서 저 멀리서 걸어오는 성우가 보였다. 성우가 나에게 다가오는 것 같았다. 나도 모르게 성우를 피해버렸다. 난 잠깐 그 자리에 서서 생각을 하였다.

'이렇게 피하면 계속 피하게 될 거야.'

그 자리에서 숨을 또 한 번 깊게 마시고 마음을 진정시킨 뒤 성우에게 다가가 정식으로 친구로서 인사를 했다.

"안녕?"

내가 학교에서 만나고 싶었던 기적은 일어나지 않았다.

작고 사소한 기적

홍지현

나는 학생이다. 나는 학교를 좋아한다. 학교를 좋아하는 학생들은 드물 것이다. 물론 나도 아침에 일어나는 것은 힘들지만. 나는 학교에서 하는 모든 일상들이 기적 같다. 친구들과 대화를 나누는 것, 옆 짝꿍과 싸우는 것, 무언가를 배우는 것, 웃을 수 있는 것 나는 이 모든 것이 다 기적이라고 생각한다.

일상에서 누군가를 만나 내가 행복할 수 있다는 것은 기적인 것 같다. 물론 항상 행복하지 않고 싸우는 날도 있지만 이 싸우는 것도 하나의 경험 아닌가? 이 경험들을 어디서 겪을 수 있을까?

사람들은 기적은 아주 크고 위대하다고 생각한다. 그래서인지 저 멀리 있다고 생각한다. 하지만 나는 기적은 크고 위대한 것도 물론 있지만 아주 작고 사소한 것도 기적이라고 생각한다. 기적은 행복이다. 나는 학교를 나오는 하루하루가 소중하고 행복하다. 그래서 이 기적이 빨리 지나가는 것이 안타깝다.

나는 이렇게 기적 속에 살고 있다.
나는 내일도 기적을 만나러 학교에 간다.

4부

너는 살아야만 해

삽화: 김윤아

'너는 살아야만 해' 창작 이야기

한경화

또 하루는 학생들에게 다음처럼 글쓰기 미션을 주었다.

"자~ 지금 내 앞에 어항이 하나 있다고 상상해 봐.

그 어항 안에는 내가 사랑하는 물고기가 살고 있지. 그런데 말이야, 그 물고기가 죽어가고 있는 거야.

점점 움직임이 느려지는 물고기에게 제발 살아달라고… 살아야만 하는 이유를 전하는 말을 글로, 이야기로 써봐.

제목은 자유롭게. 자~ 시작!"

미션이 주어지자 아이들은 입을 오므리며 흠~~ 한숨을 내쉬었다.

너무 어려운 미션인가? 아이들이 글을 쓰는 데 도움을 주고자 상황 설정에 대해 이런저런 이야기를 나누었다. 이야기꽃이 어느 정도 무르익자 아이들은 펜을 들어 글을 쓰기 시작했다.

죽어가는 물고기에 대한 연민의 마음과 살아주기를 간절히 원하는 마음을 통해 아이들의 측은지심과 어여쁜 인성을 만나보고 싶었다.

아이들은 과연 어떤 절절한 이야기를 물고기에게 전할까?

눈을 크게 떴다, 미간을 찌푸렸다, 고개를 흔들다, 열심히 글을 써내려가는 모습을 보며 아이들의 마음이 궁금해진다.

죽어가는 물고기에게 살아야만 하는 이유를 어떻게 설명했을까?

참으로 다행이군요

김소은

"물고기가 많이 시들시들해졌네."

어디선가 시무룩한 목소리가 들렸다.

요새 몸이 찌뿌둥하다. 예전처럼 지느러미에서 윤기가 나지도 않고 아가미도 잘 팔랑거리지도 않는다. 이러다 눈꺼풀이 감기는 게 아닐까 걱정이 된다. 사실 나는 살 만큼 산지라 혹여 몸이 뒤집힌다 해도 이젠 별 상관이 없다. 지긋지긋해진 이 세상, 맨날 먹는 똑같은 밥도 이제 지겨워졌다.

'좋아 결심했다. 딱 일주일만 살고 죽을 것이다!'

요새 물고기의 눈빛이 심상치 않다. 금붕어는 머리가 별로 안 좋다고 하는데 내가 키우고 있는 금붕어의 눈빛은 전구를 발명할 때의 에디슨 눈빛 같다. 조만간 큰일이 생길 거 같다는 느낌이 직감적으로 느껴졌다.

이상한 기류를 느낀 지 하루가 지났다. 난 어김없이 물고기에게 먹이를 주었다. 그런데 평소에는 두 숟가락을 먹는 돼지 물고기인데 그날따라 밥을 반만 먹는 것이 아닌가? 지금은 배가 불러서 이따가 먹으려나 보다 생각했는데 그날 밤에도 다음 날 아침에도 바닥에 가라앉은 먹이는 사라지지 않았다.

다음 날에도 물고기는 밥을 반만 먹었다. 그제야 난 눈치를 챘다. 물고기가 삶의 의욕을 잃었다는 것을 말이다. 난 오랫동안 함께해 온 물고기를 떠나보내고 싶지 않았다. 한 달 동안 함께 지내며 서로 행복하게 잘 지냈는데… 이렇게 빨리 소중한 친구를 잃고 싶지 않았다. 분명 물고기도 마음속 어딘가 삶의 의욕이 코딱지만큼 작을지라도 분명 남아 있을 거라는 확신이 들었다.

'그래, 내가 물고기의 삶의 의욕을 찾아주는 거야!'

그렇게 물고기와 그 주인의 보이지 않는 싸움이 시작되었다.

요새 주인의 표정이 심상치 않다. 갑자기 혼자 히죽히죽 웃지를 않나, 나를 슈렉에 나오는 고양이 눈빛으로 자꾸만 쳐다본다. 이제 3일 정도밖에 남지 않았는데 마지막으로 좀 더 놀아줘야 하나….

물고기가 어떻게 하면 다시 삶의 의욕을 되찾을지 전날 밤새 생각하고 또 생각했다. 그래 물고기도 동물이잖아! 연애를 하면 약간의 삶의 활력을 되찾지 않을까? 라는 생각이 들어 아침 일찍 수컷 금붕어를 그것도 아주 멋지게 생긴 놈으로 한 마리 사 왔다. 그리고 난 그 금붕어를 내 물고기가 있는 어항에 넣었다.

주인이 갑자기 다른 물고기 한 마리를 더 사와 내 집에 넣었다. 내가 곧 죽을 거라는 걸 눈치챈 건가?! 그래서 새 물고기를 키우려고 벌써부터 선전포고를 하는 건가? 나는 약간 화가 났다. 지금까지 나에게 보여준 애정표현은 뭔데? 지금 나랑 밀당하는 거야? 그때 새로 들어온 물고기가 나에게 오더니 지느러미로 내 지느러미를 살짝 툭 치더니 치근덕거리기 시작했다.
'허, 어이가 없어서 새파랗게 어린 게 어디서 수작질이야?'
라는 생각이 들어 나는 내 지느러미를 엄청난 속도로 새 물고기에게 쿵 하고 날려 쳤다. 그러자 새 물고기는 반대편으로 날아갔고, 그 이후로 반대편에서 내 쪽으로 눈길조차 주지 않았다.

"어? 이상하다??""

새 물고기와 친해지는 듯싶었는데 친해지기는커녕 새 물고기가 겁에 질려 움직이지도 못하고 있었다. (아직 데려온 지 얼마 되지 않아) 결국 난 새 물고기를 꺼내었고 새 물고기를 데려왔던 곳에 다시 돌려주었다. 그리고 플랜 B를 꺼내 들었다. 하긴 먹을 만큼 먹은 나이에 연애는 무리수지! 좋아 그럼 그 어떤 물고기라도 환장한다는 이 고급 스페셜 로얄 A+++ 물고기 먹이는 어떠냐?! 난 자신 있게 그 먹이를 어항에 넣었다.

오늘 먹이는 새로 맛보는 맛이다. '음? 맛있다!'라는 생각이 순간적으로 들었다. 이따가 또 먹고 싶다는 생각은 들었지만 나이를 먹을 만큼 먹은 나로서는 요즘 애들이 먹는 먹이는 크게 통하지 않았다. 그

래도 이번엔 전보다 머리 좀 썼다? 주인ㅋ

물고기가 먹이를 먹고도 나를 보는 눈빛이 달라지지 않았다. 약간 한심하다는 눈빛으로 날 쳐다보는 것 같기도 하고… 이 방법도 별로 맘에 들지 않았나 보다. '좋아 그래도 방법이 있지!'는 거짓말이다. 처음에 굳게 먹었던 마음과는 달리 결과가 별로 좋지 않자 의욕이 점점 사라지고 있다. 그냥 이대로 보내주는 게 맞는 건가라는 생각이 들기 시작했다.

이제 죽으려고 시도하기까지 이틀 남았다. 어떻게 죽을까 생각하다가 어떻게 죽든 다 아프니까 최대한 빨리 끝나는 방법인 필터에 갈려 죽기로 다짐했다. (왜냐면 갈리는 건 한순간이니까.) 주인 흔적 없이 깔끔하게 죽어주지!

이제 마지막 시도이다. 이 방법이 통하지 않는다면 물고기는 정말 정말 바보다! 내 마음도 몰라주고…!

그렇게 마지막 전쟁의 막이 올랐다.

(D – DAY)

드디어 오늘이다. 오늘 밤 깔끔하게 사라질 것이다.

지긋지긋한 세상 이젠 안녕이다. 우하하하!

크게 심호흡을 하고 물고기 앞에 섰다. 잔잔한 음악을 틀었다. 평소에 물고기와 내가 함께 듣던 노래다. 그리고 물고기 앞에 준비한 것을 들고 섰다.

'물고기야, 제발 내 진심이 통하기를…!'

주인이 이상하다. 매일 이상했는데 오늘은 나비넥타이를 하고는 평소 내가 좋아하고 자주 듣던 노래를 틀더니 내 앞에서 스케치북을 들고 섰다.

"You can count on me~ like four three two your be there~~!"

(Count on me – Bruno Mars)

스케치북엔 이렇게 쓰여 있었다.

'물고기야, 이 노래 네가 좋아하는 노래지?'

'네가 이제 곧 죽으려고 하는 거 난 알고 있어. 우린 눈빛만 봐도 통하잖아. 우리가 함께해온 시간이 그리 짧지 않으니까 말이야.'

'긴 시간 동안 내 곁에서 내가 외롭지 않게 그저 함께 있어 줘서 정말 고마워.'

'이젠 네가 떠난다고 해도 그저 그 순간을 지켜만 볼게.'

'그동안 정말 고마웠어. 우리 다음에 또 만나자.'

'흥, 내가 이렇게 하면 다시 살아줄 줄 알고?'

분명 말은 이렇게 했는데 왠지 모르게 내 눈에선 눈물이 흐르고 있었다. 그렇다. 사실 감동이었다. 아무리 좋은 먹이, 좋은 환경도 좋지만 그래도 내가 지금까지 주인 곁에 있을 수 있었던 이유는 주인의 진실한 사랑이 느껴졌기 때문이었다. 그래서 난 주인의 태도에 정말 감동받았다. 그래, 내가 정말로 살 수 있는 날은 얼마 남지 않았지만 그래도 끝까지 살아보자고, 주인은 내가 아파하며 죽어가는 그 순간에도 나를 지켜봐 줄 거니까. 그런 확신이 나에게 다시 한 번 삶의 의욕을 불어 넣어 주었다.

물고기가 뭔가 이상하다. 평소대로 돌아온 것 같달까? 뭔가 나의 직감적인 느낌이 물고기가 다시 삶의 의욕을 되찾은 것 같다는 신호를 보냈다.

'다행이다. 정말 다행이다.'

힘든 결정을 한 물고기에게 죽는 그 순간까지 함께해줄 거라는 다짐을 했다. 우리에게 시간이 얼마나 남은 진 모르겠지만 함께 있는 게 좋으면 그게 얼마가 됐든 즐길 것이다.

정말 다행이군요. 물고기가 죽지 않게 되어서요.

죽지 마

김윤아

"죽지 마"

라는 소리는 이제 그만둬줬으면 해.

더 이상 비참하게 굴고 싶지 않아.

횟집에서 회로 떠지는 것보단 이런 넓은 바다 한가운데, 피를 흘리면서 죽어가는 물고기로 남는 게 훨씬 더 나을지도 몰라.

하지만 막상 이렇게 눈앞이 캄캄해지니 무서운 거 있지. 그동안은 언제든지 누구한테 잡아먹힐 준비가 되어있었는데 지금은 너무 두렵고 무서워.

내가 왜 이렇게 죽어버려야 하지?

내가 도대체 무슨 죄를 지었기에 내가 이렇게 죽어나가야 하지? 왜 항상 죄 없는 자들만 죽어야 하는 거야? 심판이란 건 원래 그런 거야?

그 와중에 떠오르는 건 내가 가장 사랑했던 가족들.

죽어가는 주제에 이제야 가족들이 떠오르는구나.

이런 상황에서 사랑이라는 감정을 느껴보니 더욱 비참해진 느낌이야.

그러니까 제발, 아무나 내게 와서

"언제 한번 같이 태평양이나 가보자"는 농담 한마디만 던져줘.

얼마 전까지만 해도 내가 가지고 있었던 일상을 들려줘.

아직은 죽고 싶지 않아.

너도 소중해

김하언

물고기야, 안녕?

내 오랜 친구야!

네가 날 알아볼 수 있을지 모르겠지만 난 널 오래 봐왔고, 너도 날 오래 봐왔어. 내 친구가 되어줘서 고마워. 비록 네가 날 볼 땐 무서움도 많이 느꼈겠지만 넌 여전히 나의 친구란다.

지금 넌 죽어가고 있어. 하지만 난 그게 진실된 죽음이 아니라고 믿어. 이 죽음은 정말 네가 아파서 죽는 게 아니야. 너의 마음가짐에 따라 다르다고 생각해.

혹시 '마지막 잎새'라는 동화 아니? 너는 물고기라서 모르겠지. 그 동화에서 주인공은 자신이 죽을 것이라고 믿어서 나무에 마지막 잎새가 떨어지는 순간 자신도 죽을 것이라고 생각해 왔어. 하지만 한 화가가 폭풍우에 맞서면서도 그 나무에 나뭇잎 하나를 그려놓았고, 다음 날 그 잎새를 본 그 아이는 마지막 잎새를 보고 삶의 희망을 얻었고 그 아이는 살았어.

그 아이와 너도 마찬가지야. 너도 인간과 같이 소중한 존재고, 동화 속 아이에게 화가가 있듯이, 너에게도 내가 있어. 네가 살길 진정 원하는 사람이 있다는 것은 행복한 일이야. 그러니 난 간절히 네가 살았으면 해. 네가 물고기여서 소중하지 않은 것은 아니니까 말이야.

산호와 나비고기

안민솔

어느 햇빛이 바다에 스며드는 아름다운 날, 얇고 투명한 바다를 헤엄치는 나비고기 한 마리는 죽음을 택하는 것과 마찬가지인 위험하고 어두운 바다의 밑으로 들어가고 있다. 왜 그런 위험한 일을 벌이는 것일까? 다른 나비고기들을 두고 홀로 떠나는 이유는 무엇일까?

나비고기는 그저 조용히 바다의 밑을 파헤치고 있었다. 나비고기가 바다를 점점 내려갈 때 이를 지켜보고 있는 작은 생명체가 하나 있다. 바위 뒤에 숨어있던 예쁘고 색이 붉은 산호 하나가 나비고기를 바라보고 있었다. 부끄럼이 많은 이 산호는 나비고기를 보다가 용기 있게 말을 걸었다.

"나비고기야, 넌 얇은 바다에서 살아야 하는데 왜 이 위험한 곳으로 왔니?"

산호가 나비고기에게 가느다란 목소리로 묻자 나비고기는 서슴없이 산호에게 대답했다.

"나는 내가 살아야 할 이유를 찾고 있어. 그러기 위해선 죽음이 필요해. 삶이 있으면 죽음도 있어. 삶과 죽음이 공존하기 때문에 나는 죽어야 내가 살아야 할 이유를 찾지 않을까?"

나비고기의 말을 들은 산호는 의문이 들음과 동시에 나비고기가 걱정이 되었다. 어두운 바다 밑은 무서운 생물들이 가득하기 때문에 작고 여린 나비고기가 이 바다에 삼켜지지 않을까 하는 생각이 든 산호는 나비고기에게 말했다.

"오, 나비고기야. 네가 여기 있기엔 너무 위험해. 이 바다 밑은 무시무시한 생명들도 가득 차 있어. 가는 즉시 네가 뜯어먹힐 거야. 그리고 나비고기야. 넌 아직 어린 것 같구나. 난 이 바다에 오래 살았지만 아직도 바다가 새롭고 무섭기만 해."

산호는 작은 생명체가 죽는 것을 보고 싶지 않아 나비고기를 타일렀지만 나비고기는 어떻게 해서라도 자신이 살아야 할 이유를 찾아야 하기 때문에 산호에게 작별 인사를 하고 바다를 더더욱 깊숙이 들어갔다.

남색으로 빛이 돌고 희미하게 빛이 들어오는 곳까지 내려오자 조용하고 무서운 기분이 든 나비고기는 재빨리 위로 도망가고 싶었지만, 자신이 살아야 할 이유를 찾기 위해 더더욱 깊숙이 들어갔다.

심해에 다다르자 나비고기는 주변을 천천히 둘러보다가 이제야 깨닫게 된 것이 하나 있었다. 그렇게나 밝았던 바다는 어두워 앞이 안 보이게 되었고 분명 다른 생물체가 사는 곳인데 그저 헤엄치는 소리와 자신을 노리는 포식자들의 소리가 들려와 곧 죽음이 자신을 찾아오는 것을 느낌만으로도 알아차릴 수 있었다.

심해의 최상위 자리인 상어의 감촉이 느껴진 나비고기는 자신도 모르게 바위 뒤로 재빨리 숨어들었다. 그 정체는 바로 그린란드 상어였다.

거대한 체구를 움직이던 상어는 앞이 안 보이지만 자신의 기생충이 빛을 발하자 그쪽으로 재빨리 헤엄쳤다. 다행히도 워낙 작았던 나비고기는 가쁘게 숨을 쉬며 주변에 있는 상어를 쳐다보았다.

욕심이 많은 상어는 먹잇감을 잡기 위해 나비고기에게 조용히 말했다.

"거기 내 주변에 있는 거 다 안단다. 이름 모를 물고기야. 널 잡아먹으려고 하는 게 아니란다. 그저, 난 길을 잃어서 그런 거란다. 자, 겁먹지 말고 나와 보렴."

나비고기는 다행히 멍청하지 않고 현명한 아이여서 상어의 말을 믿지 않고 그저 쳐다보고만 있다.

"저기, 넌 이름이 뭐니? 너랑 친하게 지내고 싶어서 그런 거란다. 자~ 어서 나오렴."

상어가 나비고기 바로 앞 몇십 센티 거리에 다다를 때 나비고기는 심장이 멎을 것만 같았다. 자신은 죽기 위해 용기를 내어 왔지만 막상 죽음이 눈앞에 다가오니 너무나도 두려운 것이었다. 나비고기는 지금 도망치지 않으면 잡아먹힐 것이라는 생각이 들어 바위의 좁은 구멍을 통해 잽싸게 나갔다. 그 소리를 들은 상어는 빠르게 헤엄쳐 쫓아갔지만 바위에 걸려 그만 놓쳐버리고 만다.

정신없이 계속 헤엄쳤던 나비고기는 눈을 뜨자 더더욱 깊고 어두운 심해, 아니 해구에 오게 되었다. 나비고기는 점점 더 조여오는 숨 막힘에 가쁘게 숨을 내쉬고 있다. 자신에게 떠나간 줄 알았던 죽음은 아직도 그 자리에서 나비고기를 쳐다보고 있었다.

나비고기는 흐려지는 의식 속에서 어둡고 차가운 바다 밑으로 점점 더 떨어지고 있었다. 그 순간 나비고기는 죽음과 비슷한 감촉을 선명하게 느끼게 된다. 공허, 쓸쓸함, 공포, 슬픔, 두려움, 마지막으로 절망. 나비고기는 죽음에 다다르게 되었지만 결국 자신이 살아가야 할 이유에 대해 찾지 못해 큰 절망을 느끼게 된다.

'아, 어리석구나. 살아가야 하는 이유를 찾아야 할 터, 난 그저 죽어가고 있어. 이 고요함, 쓸쓸함, 저릿한 절망감이 날 삼키고, 호기심이 죽음을 부르는구나.'

의식이 멀어질 즈음 희미한 빛이 자신을 비추는 것이 보인다. 분명, 여긴 해구일 텐데 어째서 햇빛이 보이는 걸까. 빛들이 점점 더 나비고기를 감싸 오르자 나비고기는 눈이 뜨이게 된다.

'아니, 그게 아니야. 나는 착각했던 거야. 죽음과 삶은 관계가 없어. 죽음은 죽음이고 삶은 삶이야. 나는 아직 내가 살아야 할 이유를 못 찾았어. 그러나 살아야 해.'

나비고기는 남은 힘을 끌어 힘차게 바다 위로 올라간다. 무서운 천적을 마주하고, 돌에 부딪히고, 지느러미가 찢겨도 나비고기는 거침없이 위로 올라갔다. 나비고기가 아프고, 힘들고, 무서워도 의지를 가진 이유는 단 하나. 자신이 살아야 할 이유를 찾기 위해서다. 심해에서 자신의 고향인 얇은 연안으로 가야 하는 나비고기는 쉴 새 없이 헤엄쳤다.

드디어 연안 돌아온 나비고기는 이미 낮이 가고 밤이 온 자신의 집을 본 나비고기는 바다 위로 흐리지만 밝게 비추는 무언가를 보자 숨을 힘껏 들이쉬고 바다 위로 올라간다. 눈을 꾹 감고 있던 나비고기는 점점 눈을 뜨고 밤하늘을 보게 된다.

나비고기의 눈 안에 들어온 것은 하얗고, 무척이나 부드러운 빛을 내리던 달이었다. 태어나서 처음으로 본 달은 무척이나 아름다웠다. 그 주위에 수많은 별들이 떨어지고 낮에 하늘색으로 치장하던 바다는 위에 떠 있는 달을 비추고 있었다. 그 아름다운 바다를 멍하니 보다가 그 순간 나비고기는 자신이 그렇게 찾았던 삶의 이유를 깨달았다.

'난 바다에서 살아가야 해. 낮에는 햇빛으로 녹아든 하늘색의 바다를 헤엄치고, 밤에는 달과 별들을 감싸 안은 하늘을 봐야 해. 비록 위험에 처하고 무섭고, 두려운 일들이 많겠지만 내가 이곳에 태어난 이유, 살아가야 할 이유는 모두 이 바다에 있어. 바다가 내 삶의 의미야.'

우리는 모두 자신이 살아가는 이유를 찾으려고 한다. 하지만 아무도 처음에는 깨닫지 못한다. '삶의 이유는 아주 가까이 있다'는 것을.

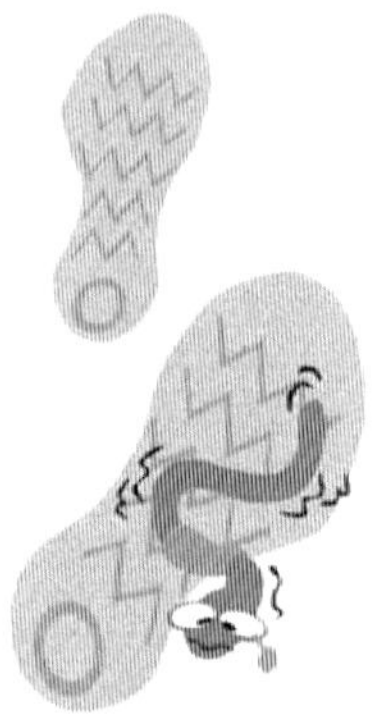

너의 반쪽은 빛나고 있어

이미애

죽기 직전에 살고 싶다는 생각이 많이 들지 않을까?

'이런 것들을 조금 더 해보고 죽었으면 좋았을 텐데.' 이렇게 말이야. 물론 인간의 입장이긴 하나 모든 생명들은 다 비슷하다고 생각해. 하지만 이렇게 모든 것들을 다 해보고 죽는다 해도 또 다른 핑계를 대고선 살고 싶다 외쳐.

생명이란 그런 거 아닐까? 당연한 말로 들릴 수 있겠지만 나 자신의 반쪽 같은 거 말이야. 죽어가는 물고기의 생명도 그 물고기에겐 반쪽이나 마찬가지지. 그러니까 쥐고선 놓치고 싶지 않은 거야. 아니 놓지 않아야만 해. 놓치면 반쪽이 사라지는 거나 마찬가지니까. 남은 반쪽으로는 살 수가 없는 거지.

생명이라는 반쪽이 우리에게 미치는 영향이 얼마나 큰지 다들 알 거야. 보고 듣고 느끼고 생각하고… 또한 생명이라는 반쪽 덕분에 행복이란 것도 느낄 수 있잖아.

그러니까 지금은 형편없고 보잘것없는 죽어가는 물고기여도 너의 반쪽은 그 누구보다도 항상 눈부실 만큼 빛나니까 그걸 놓치지 않았으면 좋겠어.

내가 살아야 할 이유

정민주

잔잔한 물결들이 부딪혀 시원한 소리를 내며 흘러갈 때 나는 그 강물 밖에 얼굴을 조심스레 내민 체 하늘을 부드러운 시선으로 바라보고 있었다.

'이쁘다….'

그렇게 생각하며, 나는 울창한 나무들 가운데 뻥 뚫려 하늘을 바라볼 수 있는 곳에서 잔잔한 숨을 내쉬었다. 하늘은 남색과 청색이 어우러져 있었고, 그 가운데 하얗게 보이는 점들이 그 아름다운 배경을 한껏 돋보여 주고 있었다.

나는 항상 밤이 되면 수면 위로 올라와 이 넓고 아름다운 밤하늘을 바라보곤 했다.

어느 날 선생님께서는 우리들에게 숙제를 내주셨다. 자신이 살아야 할 이유에 대해 알아오라고 하셨다.

나는 푸르스름한 파란 강물을 웨딩드레스에 붙은 흰 프릴과 같은 꼬리를 우아하게 휘저으며 고민에 빠졌다.

'나에게 살아야 할 이유란 무엇일까…?'

잠시 헤엄을 멈추고 눈을 조용히 깜빡였다. 저 멀리서 나의 할머니께서 웃으시며 나를 맞이해 주셨다. 문득 주위를 둘러보니 나의 집이란 것을 알아차렸다. 나는 할머니의 품에 힘껏 헤엄쳐 안겼다.

'내가 살아야 할 이유는 내 가족 때문은 아닐까?'

할머니의 품에서 조용히 생각하다 나는 결론을 내렸다.

'물론 그것도 맞지만 내가 살아야 할 이유는 좀 더 특별한 것으로 하고 싶어.'

나는 집에 돌아와 또다시 고민을 했다. 눈을 꼭 감은 채 나의 흰 몸이 홍당무처럼 (육지에만 있는 무지만 책에서 봤다.) 빨갛게 변할 때까지 고민하고 또 고민해 보았다. 그러나 내 머리에서는 도저히 답이 떠오르지 않았다.

머리가 핑 돌았다.

'너무 많이 생각했나 봐.'

머리가 지끈거려 나는 머리를 식힐 겸 집을 나와서 헤엄치고 또 헤엄쳤다.

내가 살아야 할 이유를 생각하려니 너무 어려웠다. 그러다 고개를 숙여 바닥을 보니 파랗고 푸른 강물 속에 어울리지 않는 노란 빛이 바닥을 비추었다. 그 빛을 따라 고개를 올려다보니 강물 밖과 이어지는 듯했다.

그 빛을 따라 나는 수면 위로 올라갔다. 수면 위에 잔잔하게 퍼져있는 노란 빛을 바라보다가 문득 고개를 들어 하늘을 올려다보았다. 노란빛의 주인은 달이었다. 나는 달 주위를 감싸 안고 있는 하늘을 바라보았다.

아침에는 푸른 하늘이었지만 지금은 밤이어서 남색과 파란색 그리고 청색이 어우러져 있는 밤하늘이 내 눈에 아름답게 비춰왔다. 아름다운 밤하늘에는 늘 그랬듯이 하얀 점들이 촘촘히 박혀있었다. 그 하얀 점들은 밤하늘을 더 아름답고 빛나게 해주었다.

나는 그 밤하늘을 바라보며 조용히 머리를 식혔다. 항상 밤하늘을 보지만 오늘은 더 아름다워 보이는 밤하늘이었다. 아름다운 밤하늘을 바라보는 것은 나의 가장 큰 낙이었다. 나의 낙….

그 뒤로 나는 항상 밤마다 보는 밤하늘을 바라보며 내가 살아야 할 이유를 떠올렸다.

'나는 이 밤하늘을 매일 보고 싶어. 내 가장 소중한 낙이야.'

나는 내가 살아야 할 이유는 먼 곳에 있지 않고 바로 가까이에 있음을 깨달았다.

'내가 살아야 할 이유는… 이 아름다운 밤하늘을 매일 같이 보기 위해서야!'

나는 그렇게 생각하며 수면 위에서 부드럽게 눈을 감고 밤하늘을 다시금 생각하며 잔잔한 바람이 나부끼는 수면 위를 조용히 즐겼다.

5부

어디까지나 상상 이야기

삽화: 김윤아

‘어디까지나 상상이야기’ 창작 이야기

한경화

또 하루는 학생들에게 다음처럼 글쓰기 미션을 주었다.

“살면서 누군가가 죽이고 싶도록 미울 때가 있지. 그래서 생각 속에서 누군가가 잘못되기를 바라거나 죽어버렸으면 좋겠다고 생각할 때도 있어. 이번에는 어디까지나 상상 이야기를 한 번 써보자.

‘내가 처음으로 사람을 죽였습니다’로 시작하는 글을 써 봐.

이번에도 역시 제목은 자유롭게. 자~ 시작!”

글감을 주고나서, 아이들이 창작한 글을 읽기 전까지는 사실 마음을 졸이며 다소 불안했다. 아이들이 게임 속 캐릭터처럼 폭력적이거나 잔인한 내용이면 어쩌지? 첫 문장을 제시하고 그에 맞게 글을 써보는 능력을 길러주고 싶었는데… 괜히 이런 미션을 주었나? 하고.

그런데 아이들은 내 생각보다 건강한 정신을 담아냈고 훨씬 근사한 상상들을 이야기로 형상화해주었다.

물론 가장 쓰기 어려워했던 글이 이 글이었다. 책쓰기동아리 단톡방에서 ‘선생님~~ 어떻게 써야 할지 모르겠어요’, ‘정말 제가 사람을 죽여요?’ 등등 질문이 가장 많았고 그만큼 생각과 대화가 많았던 글이었기에 읽기도 조심스러웠던 글. ‘어디까지나 상상 이야기’ 속으로 한번 들어가 보자. 그들만의 상상의 세계 속으로….

무기

김하언

나는 처음으로 사람을 죽였다. 알고 있었음에도 한 번 더 생각했었더라면 어떻게 됐을까? 나는 이 무기를 사용해서 상대방이 아파하는 것을 알면서도 계속 찔렀다. 두려움에 떨고 있는 것을 알면서도 말이다. 그렇게 난 서서히 그 사람을 죽여가고 있었다.

이유는 없었다. 아니, 과연 없다는 게 맞을까? 어쩌면 우리 집이 찢어지게 가난해서? 내가 보잘것없어서? 시작은 단순한 화였다. 아빠가 집을 나간 후, 엄마와 단둘이 사는 나는 무너질 듯한 집과 친구가 될 정도로 쥐가 나오는 집에서 살고 있다. 그렇다. 한마디로 아빠가 나간 후 우리 집은 쓰레기와 마찬가지이다.

제대로 된 밥 한번 먹어본 적 없다. 그날도 똑같았다. 여전히 제대로 된 밥이 아닌 라면에 신 김치. 매일 같은 이 일상 속에서 나는 똑같이 가난한 내 삶이 싫었다. 그 날 다른 점이 하나 있었다면, 아마 그것은 내 내면의 화였을 것이다. 평소대로라면 아무 말 없이 먹었을 텐데 말이다.

"우린 왜 맨날 라면인데?"

이 말에 엄마가 조금이라도 흔들릴 줄 알았던 나는 묵묵히 라면을 먹는 엄마의 모습을 보자 난생처음으로 '비참'이라는 단어가 떠올랐다. 그

땐 몰랐다. 엄마의 손이 떨리고 있었단 것을.

“제발 우리도 제대로 된 밥 한번 먹어보면 안 돼? 왜 우리가 이렇게 가난해야 하는데? 누구 때문에 아빠가 나갔는데? 다 엄마 때문이잖아.”

소리쳐 버렸다. 아빠가 나간 것이 엄마 때문이 아니란 것을 알면서도 소리쳐 버렸다.

“날 왜 낳았는데? 이런 집도 이런 엄마도 진짜 짜증 나는데 차라리 날 죽이지 그랬어. 아니면 엄마가 죽어서 고아원이라도 갈 수 있게 해주던가.”

곧바로 방으로 뛰어들어간 나는 엄마가 우는 모습을 처음으로 보게 되었다.

예상했듯이 내가 사용한 무기는 바로 독한 말이었다. 말이 곧 칼이 되어 엄마의 심장에 깊은 상처를 낸 것이다. 그 상처는 씻을 수 없었기에, 죽인 것이나 마찬가지였다. 난 그날 처음으로 엄마의 우는 모습을 보았다.

그리고 그날 난 처음으로 말이라는 무기로 사람을 죽였다.

너는 사랑받는 아이가 될 거야

김윤아

「너는 처음으로 사람을 죽였다」

그날은 조금은 이상한 날이었다. 첫눈처럼 새하얀 머리카락과 피부를 가진 아이가 세상에 태어났다. 아이는 자신의 생김새와는 상관없이 마냥 해맑은 미소를 지었다. 하지만 아이가 자랄수록 그녀의 머리카락은 마치 흰 뱀처럼 살아있는 듯 살기를 띄었고, 피부는 죽은 듯 창백해졌다. 사람들은 그런 아이가 두려웠고, 그 두려움을 방패 삼아 아이를 저주받은 괴물이라며 그녀를 내쫓았다.

그런 상황을 제대로 아는 듯 모르는 듯, 아이는 자라 소녀가 되었다. 그러거나 말거나 사람들의 따가운 시선은 여전했고, 그러거나 말거나 소녀는 상처받지 않았다. 부모님의 사랑만 있다면 그녀는 무엇이든지 버틸 수 있었다. 소녀는 그들의 사랑을 사랑했다.

소녀는 그들에게 의지하며 하루하루를 행복하게 살아갔다. 소녀의 부모님과 그녀는 항상 형형색색의 꽃들이 만발한 정원으로 산책을 나왔다. 그리고 그들은 소녀의 양손을 부드럽게 감싸며 항상 이렇게 말하곤 했다.

"너는 앞으로도 사랑받는 아이가 될 거야. 설령 엄마, 아빠가 긴 여행을 떠나도 말이야. 하지만 그럴 일은 없을 테니 안심하렴. 우린 널 정말 사랑한단다. 그러니 널 두고 떠날 일은 없어. 약속해."

소녀는 대답 대신 환한 미소를 지어 보이며 고개를 끄덕였다. 소녀는 아직 사랑받는 중이었다.

봄꽃이 지던 어느 날이었다. 소녀의 눈앞에는 작은 편지 하나가 놓여 있었다. 소녀는 편지의 커다란 글씨를 읽었다.

『사인: 흉기에 의한 과다출혈, 추락에 의한 뇌출혈』

이제 소녀의 주위에는 아무도 존재하지 않았다. 아무리 불러도 그 누구도 대답하지 않았다. 소녀의 창백한 얼굴이 더 창백해졌다. 소녀는 사랑을 잃었다. 소녀에겐 사랑이 필요했다.

소녀는 앞으로 잡을 일이 없을 것만 같았던 문손잡이를 잡고 밀었다. 바깥으로 나아갔다.

'너는 앞으로도 사랑받는 아이가 될 거야.'

소녀는 사람들에게 다가가 말을 걸기 시작했다.

"안녕하세요, 사랑스러운 저녁이네요! 오늘 하루는 괜찮으셨나요? 사랑이 필요하신가요?"라고.

그렇게 말을 걸다 보면 사람들도 자신을 좋아할 것이라고 생각했다.

사랑을 잃은 소녀의 마음은 엉망진창이었다. 간절한 그녀의 마음과는 달리, 사람들은 역시 소녀를 차가운 눈으로 바라보더니, 그녀의 이상하리만큼 창백한 얼굴과 뒤엉켜 마치 흰 뱀이 꼬여있는 듯한 머리카락을 보고는 공포에 휩싸여 그녀에게 소리를 질러댔다. 아이들은 소녀를 보고 울음을 터뜨리고 괴물에게 쫓기는 듯 도망치기 바빴다. 소녀는 도망가는 사람들의 모습을 바라보며 한동안 멍하니 서 있더니 바닥에 나뒹구는 캔 하나를 집어 쓰레기통에 넣더니 조금은 자랑스러운 표정을 짓고는 해가 저무는 방향으로 힘없이 걸어갔다.

소녀는 그다음 날, 그리고 그다음, 또 그다음 날에도 사람들이 모여있는 곳으로 찾아가 말을 걸었다. 하지만 사람들의 반응은 그다음 날, 그리고 그다음 날, 또 그다음 날에도 반응은 같았다. 처음엔 무서워하더니 시간이 지날수록 같은 일이 반복되자 소녀에게 돌이나 폭언 따위를 던져 그녀에게 상처를 입히고 다시 또 내쫓았다. 모두가 소녀를 두려워하고, 짓밟고, 혐오했다.

그런 반응들에 지친 소녀는 내쫓긴 뒤에 자신의 방 안으로 들어가 서랍 위에 놓인 한 액자를 들여다보곤 했다. 액자 속의 소녀는 사랑받고 있었다. 하지만 방 안에 있는 소녀에게는 더 이상 아무것도 느껴지지 않았다. 그리고 살아있는 듯한 기분도 이제는 느껴지지 않았다.

초승달이 뜨는 밤이 다시 찾아왔다. 소녀는 그런 초승달이 밝게 비치는 호수 앞에서 발을 멈추고는 잔잔한 호수에 비친 자신의 모습을 바라보았다. 사랑이라곤 찾아볼 수 없는 죽어있는 듯한 소녀의 모습이 보였다. 소녀는 웃어보았다. 아무런 감정도 느껴지지 않았다. 소녀의 머릿속에 갑자기 스쳐 지나가는 말 한마디뿐이었다.

'너는 앞으로도 사랑받는 아이가 될 거야….'

소녀는 나지막이 중얼거렸다.

"세상에서 이런 거짓말보다 잔혹한 거짓이 또 있을까. 어쩌면 두 분이 나에게 준 사랑도 모두 거짓말이 아니었을까 하는 생각이 들기도 해요. 그러니 이렇게 갑자기 날 떠나신 거겠죠. 하지만 아무래도 좋아요. 두 분이 날 어떻게 생각하던 그때 나는 정말 행복했으니까요."

소녀는 가져온 액자에 들어있던 사랑받았던 어린 소녀의 사진을 빼내더니, 그것을 호수 위에 살포시 띄웠다. 소녀는 흘러가는 사진을 잠시 멍하니 바라보더니, 그것을 따라 호숫가에 발을 살며시 담갔다. 새벽의 달빛이 비치고 있는 방향으로 흘러가는 사진을 따라 소녀는 찰랑거리는 물소리를 내며 계속해서 걸어갔다. 사진 속의 어린 소녀와 그녀가 사랑한 그들은 달빛을 받아 더 환하게 미소 짓고 있었다. 그리고 그 뒤로는 숨소리조차 들리지 않는 침묵만이 남아 있었다.

「너는 처음이자 마지막으로 사람을 죽였다.」

「…어쩌면 네가 죽인 건 사람이 아니라
그저 사랑받고 싶었던 괴물일지도 모른다.」

또 다른 주다영의 죽음

이미애

한숨을 픽 쉬고선 차차 계획을 세운다. 모 아니면 도일 수도 있는 덮어쓰기 계획, 하지만 그 아이가 불리할 확률이 더 크다. 작은 메모 위에 계획을 써 놓는 어리석은 짓은 하지 않는다. 메모를 들켜버리면 계획이 다 들통나버리니까. 웬만하면 머릿속으로 일을 예상하고 계획한다.

내일은 이번 달 마지막 주 월요일. 그 아이가 용돈이 떨어졌을 즈음이다. 옥상으로 날 불러내서 또 내 지갑과 주머니를 샅샅이 뒤져보겠지. 그 아이의 들러리들은 야자를 째버린 것을 걸린 탓에 교실에서 6시부터 9시까지 출입 금지 상태. 저녁에 옥상을 드나드는 아이들은 무척 드물기에 드디어 내가 세운 계획을 실행할 날이 왔다.

계획은 이렇다. 옥상으로 올라온 그 아이를 밀쳐서 나와 같이 떨어지는 것이다. 그 아이들의 들러리들은 저녁에 옥상을 올라오지 못할 테니, 그 아이 혼자만 옥상으로 올라올 것이다.

물론 나도 크게 다치거나 죽겠지만 지금 상황보다 나아지는 건 분명하다. 내가 죽고 그 아이가 살아남는다면, 모든 화살은 그 아이에게로 돌아가겠지. 둘 다 살아남아도 내게로 오는 화살은 적을 확률이 높다.

나만 살아남는다면, 그 아이가 날 옥상에서 밀치려 했지만 내가 저항하여 떨어질 때 즈음 그 아이 팔목을 잡아 같이 떨어졌다고 해명하면 된다. 목숨을 건 계획을 왜 하는지 다른 사람들은 모를 것이다. 아니 어쩌면 알고 싶어 하지도 않을 것이다. 자신의 일이 아니니까.

난 내 책상 위에 있는 학생증을 바라보았다. 몇 분 동안 학생증을 만지작거리며 다가올 내일을 생각하며 살짝 눈물을 흘렸다.

어두워 보이는 분위기와 내성적인 성격 탓에 괴롭힘을 받아오던 학교 폭력 피해자 주다영. 심해지는 폭력에 주변 사람들에게 도움을 요청했지만 외면받았던 피해자쯤 될 것이다. 어떤 때에는 폭력보다 주변인들의 무관심이 더 무서웠을 것이다.

'이제는 그런 걱정 안 해도 돼….'

그렇게 하루가 흘러 월요일이 되었다. 계획을 실행하려는 설렘과 실패할지도 모른다는 두려움이 교차로 내게 다가왔다. 아침 조회 시작 전 5분을 남기고 그 아이가 문을 열고 들어온다. 하얀 명찰에 검은 글씨로 이규리라는 이름이 선명히 보인다. 긴 머리에 머리끝은 고데기로 웨이브를 넣은 듯했다. 긴 머리를 찰랑거리며 나에게 다가왔다.

"오늘 6시 옥상 오는 거 알지?"

들려오는 목소리에 구역질을 할 뻔했지만, 작게 고개를 끄덕였다. 이규리는 자신의 자리에 철퍼덕 앉았다.

아침 조회를 하려고 담임이 교실 문을 열고 들어오려는 듯했으나, 뒤에 누가 있듯이 이리 오라고 손을 휘휘 저었다. 담임 뒤를 따라 들어온 아이는 처음 보는 얼굴인 여학생이었다. 단정하게 묶은 포니테일을 하고 웃는 얼굴이 선명했다.

"내 이름은 김시우라고 해! 오늘 전학 왔어."

예상대로 전학생이었다. 밝고 명쾌해 보여 사교성이 뛰어나 보였지만 어차피 나중에 친해질 것도 아니라서 대충 훑어보고 고개를 돌렸다.

전학생 사이로 학생들이 바글바글했다.

"너 머릿결 진짜 좋다! 샴푸 어디 거 써?"

"이름이 시우야? 약간 남자애 이름 같다~"

"오늘 점심 같이 먹을래? 학교 구경시켜줄게."

전학생과 친해지려고 여러 부류의 아이들이 말을 걸었다.

새 학기였을 때 나도 저렇게 말을 걸어서 친구를 사귀었어야 하는데, 그걸 놓쳐버려서 이 모양 이 꼴이 되어버렸다. 물론 그렇다고 왕따가 전부 내 잘못도 아니니까.

"야, 쟤도 전학생이랑 대화하고 싶은 눈빛인데?"

"푸하하하! 전학생 불쌍하게 왜 그래~"

나를 보며 시시덕거리는 아이들이 더럽고 역겹다. 잘 알지도 못하면서 자기들끼리 떠드는 게 취미인 아이들은 무시가 답이다. 그렇지만 역시 전학생도 이규리 들러리들이나 방관자들과 같은 아이인 걸까. 들러리들이 이야기하는 걸 뻔히 들었을 텐데도 날 외면하고 있다. 약간의 희망을 바랐던 내가 바보 같았다.

그렇게 수업이 끝나고 난 옥상으로 올라갔다. 오늘 일은 후회하지 않을 것이라고 몇 번이고 되새겼다. 옥상 입구에서 다급히 올라오는 소리가 들린다. 돈이 그렇게 급했던 걸까. 아직 6시 되기는 한참 멀었는데. 벌써부터 이규리의 얼굴을 보면 토가 쏠릴 거 같아서 입구 쪽을 바라보지도 않았다.

"다영아!"

나를 부르는 목소리였다. 하지만 이규리 목소리는 아니었다. 그리고 저렇게 상냥하게 부를 리도 없다. 난 목소리가 나는 방향으로 고개를 돌렸다. 그 앞에는 단정한 포니테일을 한 전학생이 서 있었다. 이규리 대신 돈을 받으러 온 것일까. 지갑을 열면서 계획이 미뤄졌다는 것에 한숨을 쉬었다.

돈을 건네려던 순간 전학생이 내 앞으로 터벅터벅 걸어오고선 나를 꼭 안아주었다. 갑자기 안긴 나는 당황하며 지갑과 돈을 떨어트렸다.

"미안해…."

시우가 조심스레 입을 열었다. 갑자기 안기고선 받은 사과에 난 당황해하며 목소리를 떨며 물었다.

"저, 저기 갑자기 웬 사과야…?"

내가 물어보자 시우는 날 안은 채 눈물을 뚝뚝 흘리기 시작했다.

"너 괴롭힘 받는 거 알면서도 무시했던 거… 너가 힘들고 아팠을 걸 알면서 외면했던 내가 한심해 보였어. 비록 오늘 전학 와서 너에 대해 아무것도 모르지만, 널 도와주고 싶어."

말을 끝마치고선 눈물이 한두 방울 더 떨어지더니 갑자기 더 끌어안고선 엉엉 울기 시작했다. 분명 괴롭힘당한 건 난데 왜 네가 우는 거야? 조금 의아해하며 시우를 바라봤다.

이런 나를 위해서 울어주는 사람은 시우가 처음이었다. 게다가 시우는 오늘 나를 처음 봤을 텐데… 나는 우는 시우를 작게 토닥여주었다. 약간 입장이 바뀐 거 같지만 어째서인지 나에게도 위로가 되었다.

"으허헝 내가 앞으로 우흑 도와줄 수 있을 만큼 크으윽 도와줄게."

울음소리와 말이 뒤섞여 말인지 우는 소리인지 구별할 수 없었지만 충분히 내게 힘이 되어 주는 한마디였다. 그렇게 나는 시우를 토닥여주며 이 세상에는 아직도 이렇게 착한 사람이 있다는 걸 새삼 알게 되었다. 그리고 욕심이 더 생긴 탓인지 조금 더 살고 싶다는 생각도 들었다.

이로 인해 나는 오늘, 부정적인 삶으로 뭉쳐버린 내 안의 주다영을 죽이고 조금 더 희망을 가지고 살아가려는 주다영을 살려내 보았다. 그렇게 나는 처음으로 또 다른 주다영을 죽였다.

제 이름은 김미소입니다

김소은

나는 처음으로 사람을 죽였다. 한순간이었다. 내가 그 사람을 죽일 때 그의 눈빛은 불과 5분 전 눈빛과는 전혀 달랐다. 5분 전엔 세상 그렇게 당당하고 얄미운 눈빛을 내뿜고 있었는데 조금 전엔 살려달라는 듯 아주 간절한 눈빛으로 처절하게 나를 바라봤다.

"넌 도를 넘었어."

처음이라 사람을 죽일 때 엄청난 죄책감이 나를 무겁게 짓눌렀다. 하지만 그 사람이 나에게 한 행동 그리고 조금 전 상황을 다시 한 번 생각해보면 그 누구라도 충분히 그럴 만하다는 생각이 들 것이다.

지금부터 그 일에 대한 얘기를 하려고 한다.

그 사람은 내가 일하는 직장의 사장이다. 난 이곳에서 청소를 하고 있다. 이 사람은 매일 같이 내가 청소하는 곳에 와서 내 외모부터 청소한 게 맞냐는 둥 엄청난 폭언을 내뱉고 간다. 자기가 일을 못 해서 상사에게 받는 스트레스를 왜 우리 같이 열심히 일하는 사람들이 받아야 하는지 모르겠다. 매일 듣는 그의 폭언은 정말 어이가 없다. 내가 이런 이유로 그 사람을 죽였다면 이러한 사정을 아는 사람이라면 할 말이 없을 것이다.

그런데 내가 이 사람을 죽인 건 다른 이유에서다.

내가 다니는 회사의 대표는 꽤 괜찮은 사람인지 청소하는 우리들도 회식에 참여할 수 있게 해준다. 그래서 난 항상 회식에 참여한다. 평소엔 즐겁게 갈 회식인데, 하필 그날따라 컨디션이 별로 좋지 않아 계속해서 조심조심하고 있었는데 결국 일이 터지고야 만 것이다.

일은 회식이 끝나갈 때쯤 벌어졌다. 한창 분위기가 뜨거워지고, 술에 만취한 그 사람이 밖으로 담배를 피우러 나갈 때 마침 난 화장실에 가려고 일어났다. 그런데 그 사람이 나를 위아래로 한번 훑더니 혀 풀린 소리로 말했다.

"너는 어떻게 같은 종족을 먹을 수 있냐아!"

나는 평소에도 자주 듣던 말이라 가볍게 무시하고 지나가려는데 그 사람이 다시 한 번 내 심기를 건드리는 말을 내뱉고 말았다.

"근데 말이야, 네가 그렇게 뚱뚱한 걸 보면 네 부모도 다 너처럼 그렇겠다? 그럼 니네 가족은 동화책에 나오는 돼지 세 가족인가? ㅋㅋㅋㅋ"

비웃는 듯 갈고리처럼 굽어진 눈으로 날 쳐다보는 그 눈빛이 그렇게 미워 보일 수가 없었다. 나는 그때 약간 술에 취한 상태였고 이성을 잘 조절할 수 있는 상태가 아니었다. 그때 내 눈엔 옆 테이블에 있던 가위가 눈에 띄었고 너무나 흥분한 나머지 내가 정신을 차리고 난 후엔 그 사람은 피를 뚝 뚝 흘린 채 쓰러져 있었다. 그렇게 한순간에 사람을 죽이고 말았던 것이다.

우리 가족은 하루하루를 힘들게 살아간다. 엄마는 내가 태어나자마자 돌아가셨다고 한다. 그때 사람들은 나를 볼 때마다 '네가 엄마 영양분을 다 뺏어가서 그런 거잖아'라며 나를 욕했다. 어렸던 나는 그런 말들을 알아듣지 못했다. 하지만 좀 나이가 들고서는 정말 나 때문에 엄마가 죽은 건가? 라는 죄책감에 시달려 폭식을 하고 손목에 칼을 긋는 등 자해를 했었다.

그럴 때마다 아빠는 내가 힘들어하는 것을 알고 항상 나보다 더 힘들면서도 날 보면 활짝 웃어주었다. 어렸을 땐 아무리 우울하다가도 아빠가 웃어주는 웃음을 보고 나도 덩달아 배시시 웃으며 마냥 좋아했었다. 하지만 지금은 바보도 아니고 왜 나만 보면 웃어주는지 모르겠다.

아빠는 내가 어렸을 땐 꽤 건장한 몸이었는데 내가 커가면서 점점 말라가셨다. 한번 나는 왜 나만 이렇게 뚱뚱한지 아빠한테 물어본 적이 있었다. 내가 그렇게 물어볼 때마다 항상 아빠는 웃으며 말해주었다.

"미소는 행복한 사람이라 그런 거야. 그러니까 너무 신경 쓰지 말고. 미소는 활짝 웃기만 하면 돼."

그때는 그렇구나 하고 넘겼던 일인데 이렇게 다 커버리고 나서는 세상에 나만큼 불행한 사람도 없을 거라 느껴질 정도로 이제는 전혀 가볍게 넘길 수 없는 일이 되어버렸다.

난 방금 사람을 죽였는데 그 원인이 정말 내 몸 때문이라면, 그럼 정말 나는 나쁜 사람이 되는 거니까. 그럼 나는 이제 행복한 사람이 아니니까. 아까의 가벼웠던 마음은 언제 그랬냐는 듯 다시금 무거워졌다. 손이 덜덜 떨리기 시작했고, 아빠의 환한 미소가 보고 싶어졌다. 매일 보는 아빠의 미소가 이제는 질려 아빠라는 존재가 싫어졌던 나였는데 내가 이런 상황에 부닥치고 나니 생각나는 사람이 아빠밖에 없었다. 지금 당장 집에 가고 싶었다.

결국 난 그 자리에서 한 걸음 한 걸음 뛰기 시작했다. 어차피 많은 사람들이 다 지켜본 상황이라 범인이 나라는 거 그리고 곧 경찰이 나를 잡으러 올 거라는 것을 알고는 있었다. 아까의 술기운은 사라지고 약간의 추위만이 내 몸을 감싸고 있었다. 그렇게 난 내가 벌려 놓은 상황에서 한 발짝이라도 더 멀어지려 달리고 또 달렸다. 달리면서 든 생각은 내가 이런 흉측한 꼴로 아빠에게 달려가도 과연 아빠가 그럼에도 나에게 따뜻한 미소를 지어줄지가 너무나 궁금했고 걱정되었다. 하지만 난 아빠를 믿었다. 아빠한테 가면 이렇게 무서워하는 나를 다 괜찮다고 날 끌어안아 줄 것 같다는 생각이 훨씬 컸기 때문이다. 그저 그 생각으로 아빠가 있는 곳으로 온 힘을 다해 뛰었다.

저 멀리 아빠가 보였다. 나는 아빠를 부르며 아빠를 향해 달렸다. 그렇게 밤새도록 달려 나는 땀에 젖은 채 아침을 맞이했다.

"미소야~ 미소야~ 얼른 일어나야지. 학교 늦는다~~"

나를 안고 아빠는 여느 때처럼 세상에서 최고로 부드러운 목소리로 나를 불렀다.

지워버린 기억

정민주

나는 처음으로 사람을 죽였다. 순식간이었다. 내가 죽인 사람은 내 쌍둥이 동생을 죽이려고 칼을 어깨높이만큼 든 연쇄 살인범이었다. 그 날 집으로 돌아가던 골목길에서 내 동생은 연쇄 살인마를 만났다.

편의점에서 김밥을 사 들고 골목길을 접어 들 때, 동생의 비명이 들렸다. 그건 분명 동생의 목소리였다. 비명이 난 쪽으로 달려갔을 때 그 연쇄살인마 옆에는 내 동생이 피를 심하게 흘린 채 쓰러져 있었다.

'어떡하지…?'

나는 너무나 떨리고 무서워서 순간적으로 능력을 사용해 버렸다. 내 능력은 염력. 그 염력은 사람 백 명을 가뿐히 죽이고도 남을 정도로 매우 위험한 능력이었다,

내 능력은 감정에 의해 컨트롤되었다. 그래서 그런지 지금 이 순간 나는 내 능력을 주체하지 못했다. 내 동생을 살려야 한다는 생각만이 내 머릿속을 뒤덮었다. 순간 내 머릿속은 저 살인마를 죽여야 내 동생이 살 수 있다는 생각만이 떠올랐다.

내 뇌는 그것을 그대로 행동으로 옮겨버렸고, 순식간에 내 능력은 연쇄 살인범을 짓눌러 버리게 되었다. 그 압력이 너무도 강해서인지 연쇄 살인범은 그 자리에서 즉사해 버렸고, 나는 그 즉시 바로 동생을 데리고 병원으로 뛰어갔다.

'제발 동생아 살아줘….'

나는 사람을 죽였다는 죄책감이 생기기도 전에 재빨리 내 머릿속에서 그 기억을 지워냈다. 일단은 내 동생을 살려야 한다는 생각이 앞섰고 그 생각을 가지고 병원에 도착했다. 바로 내 동생은 수술실로 들어갔고, 나는 마음을 졸이며 동생을 기다려야만 했다.

동생이 무사히 수술을 마쳤다는 소리를 들어서야 나는 그제야 마음을 놓을 수 있었다. 그러나 기억을 스스로 지워버린 터라 동생이 뭐 때문에 다쳤는지는 기억해 낼 수 없었다. 단지 그 순간 기억한 것은 동생을 살려야 한다는 생각이 내 머릿속에 뒤덮였었고, 나는 그렇게 동생을 살려냈다는 것이다.

며칠 후 동생은 깨어났고, 동생은 순간의 충격 때문에 그 상황을 기억하지 못했다. 그 당시 골목길에는 나와 동생 그리고 연쇄 살인범만이 있었고 골목에는 CCTV도 없었다.

문득 고개를 들어 라디오에서 들려오는 소식에 귀 기울여보니 우리 마을에서 연쇄 살인범이 죽었다는 소식이 들려왔다. 어떻게 된 건지 나는 당연히 기억나지 않았고, 내 동생 또한 마찬가지였다. 그 당시 상황을 본 사람도 없었다. 그래서 연쇄 살인마의 죽음은 그렇게 조용히 묻혀갔다.

몇 달 뒤 나는 그 상황의 기억을 나 스스로 지웠다는 것을 알아차렸다. 그러나 이미 지워져 버린 기억을 다시 되돌릴 방법은 없었다.

나를 죽이다

홍지현

나는 처음으로 사람을 죽였다. 나는 그 사람을 버렸다. 그 사람은 항상 내 곁에 있었다. 하지만 나는 그에 대해 아는 것이 없었다. 그는 보살핌이 필요했고 점점 시들어갔다. 나는 그를 계속 아프게 했으며 상처를 냈다. 그는 아파했고 점점 시들어갔다. 마침내 없애버렸다.

그런데 이상한 것은 비릿한 피 냄새도, 살려달라고 외치는 간절하고 절망스러운 목소리도, 흉기도 살인에 필요한 것들은 아무것도 없었다. 그저 내 가슴 한구석만 계속 아파올 뿐이었다. 그렇다. 내가 처음으로 죽인 사람은 그 누구도 아닌 바로 나 자신이었다.

내 이름은 김 설이다. 어릴 적 사랑을 제대로 받지 못하고 자라서인지 아직도 자존감이 바닥이다. 우리 엄마에겐 조울증이 있었다. 그렇기에 나를 보살펴 주기는커녕 봄이면 우울증이 와서 방에서 나오지 않았고, 가을이면 조증이 와서 미친 사람처럼 밖에 나가서 들어올 생각을 하지 않았다.

엄마는 가족을 사랑하지 않았다. 그래서일까 나는 더더욱 엄마에게 사랑받으려고 애썼다. 맛없는 채소도 억지로 먹어야 했고, 관심받으려고 아픈 척도 해봤고, 슬퍼도 슬퍼하지 못했다. 그래야만 나는 사랑받을 수 있다고 생각했다. 그렇게 나의 감정을 숨기고 숨기다 보니 나는 지금에 와서야 알았다. 나조차도 내 기분을 알 수 없고, 내가 뭘 좋아하고 싫어하는지조차 알 수 없었다.

그러니 자존감은 찾아볼 수도 없다. 그냥 남들이 시키는 대로 하고 잘하면 칭찬받고 못 하면 가끔 혼나며 살고 있다. 하지만 나는 혼난 적은 거의 별로 없다. 왜냐면 어릴 때부터 사랑을 받으려는 욕심이 너무 커서 남들에게 화는커녕 사소한 짜증도 내본 적이 없다.

그렇게 나의 감정을 묵히고 썩게 내버려 두다 보니 내 마음은 점점 시들어 갔나 보다. 남들에게 사랑을 다 퍼 줘서 나에게 줄 사랑은 남지 않았다보다. 남들의 눈치를 보느라 나 자신을 들여다볼 시간조차 없었나 보다. 그렇게 나는 점점 시들어갔다.

정신을 차리고 들여다보니 이미 나라는 사람은 없었다. 나도 모르겠는 감정을 가졌고, 나도 모르겠는 생각을 가졌고, 남들을 위한 생각만 하고 있는, 그런 사람만 내 안에 있었다. 그건 내가 아니다. 나도 모르게 어느새 내가 나를 죽인 것이다.

왜 그렇게 살았을까. 내 인생에서 가장 중요한 건 나인지도 모르고 내 인생에 주인공은커녕 남들 인생에 들어가 조연 역할이나 해주고 있었다. 하염없이 두 뺨에 눈물이 흘러내리고 있었다. 마음이 너무 아팠다. 너무 답답했다. 도대체 '김 설'이란 사람은 어디 갔을까?

나도 모르는 사이 내가 사라져 있었다. 나를 잃어버린 기분, 말로 이루어 설명할 수 없다. 모든 것을 잃은 느낌이었다. 그렇게 나는 나를 서서히 죽여간 것이었다. 그렇게 나는 처음으로 사람을 죽였다. 나를.

당신과 함께하는 시간

안민솔

거센 바람에 볼이 긁히고, 나의 두 손이 당신으로 인해 피가 말라가 얼어가고, 눈물로 인해 세상이 일그러져 낙엽이 지는 오늘, 저는 당신에게 죽음을 선사 받았지요. 그 무엇보다 차갑고, 고요하고 날카로웠던 당신의 단어 하나하나가 저를 무참히 난도질하여 죽였어요.

당신을 사랑하고, 또 사랑한 만큼 당신의 따스하고 보드라운 손이 수차례 제 몸을 짓눌러 붉은 꽃잎들이 퍼져나가게 하고, 당신을 바라본 만큼 몸에 하나씩 구멍이 뚫려 나가 붉은 피가 점차 새어 나와 제 손을 적셨지요.

상냥했던 당신은 이런 제 마음도 모른 채 그 태양에 비쳐 또각또각 소리를 내던 검은 구두로 저를 마구 짓밟고 있었다는 것을 당신은 아실까요. 이럴 줄 알았으면, 이렇게 아플 줄 알았더라면 지금 당장 당신과의 추억을 전부 제 손으로 지워버리고 싶어요.

하늘이 스며들어 간 흰 와이셔츠 위로 살짝이 내려오는 가느다란 빛나는 머리카락이 제 어깨를 간지럽히듯 살랑이었고, 당신의 기다란 속눈썹은 은은한 벌꿀색으로 비치는 눈과 어우러져 마치, 반짝이는 보석 같았어요.

날마다 아직 해가 일어나지 않아 이슬이 잎 아래로 떨어져 차가운 아

스팔트에 떨어지는 새벽빛 아침에, 잠에서 깨어 참새가 지저귀는 소리를 듣는 당신을 만나러 가고, 푸른 하늘이 서로 끈적하게 엉겨 붙어 애써 가리고 있는 빛 사이로 당신이 들어올 땐 마치 내게만 주신 축복 같았죠.

해가 빛을 잃어가는 저녁노을이 우리를 찾아올 땐 당신의 흑갈빛 머리카락이 투명한 빛에 비쳐 제 눈을 멀게 만들어 버리고, 태양이 껍질을 벗어 둥그런 달빛이 찾아올 때는 항상 당신의 화사한 웃는 얼굴만을 생각해요. 그것만으로도 저는 남에게 이간질당하여도, 몸에 푸른 자국들이 퍼져나갈 정도로 몸이 굴려져도 하루하루를 굳게 살아갈 수 있답니다.

당신과 폭을 맞추어 사뿐히 땅에 발을 내디딜 때는 왠지 모를 두근거려오는 감각을 잊을 수가 없어요. 저를 향해 내밀어 줬던 하얗고 뼈가 도드라지게 보였던 손은 아직도 어렴풋이 기억하고 있어요.

하지만 당신과 저는 마치 다른 존재 같아요. 싱그럽고 수줍게 익어가는 달콤한 무화과나무 옆에 있는 거의 말라가 파리만이 맴돌고 있는 죽어가는 녹슨 사과나무처럼, 이슬을 머금고 자기의 색을 뽐내고 있는 강렬한 붉은 장미꽃과 색이 빠져나가 무채색이나 다름없는 나팔꽃처럼, 눅진하고 진득한 아카시아 향이 나는 꿀과 이젠 달지 않은 물밖에 흘러나오지 않는 개미가 산더미 꼬여버린 벌집처럼, 당신은 너무나도 빛나고, 아름다운 존재예요. 이상하네요, 분명 당신도 저와 같은 사람이나 다름없는데 왜 이렇게 높아 보이는 걸까요.

당신과 함께 하는 시간은 일분일초가 너무나도 행복하고 달콤하답니다. 저의 축축한 손을 당신이 보드랍게 감싸줄 때는 말이 안 나올 정도로 너무나도 행복감이 느껴져 황홀해요. 하지만, 이 이상은 닿을 수 없겠지요. 물론, 너무나도 원하고, 애달프고, 욕구가 물오르지만 못하겠지요.

당신은 다이아몬드보다 더욱 아름다운 여성이지만 저는 마룻바닥에 기어가는 뼈밖에 안 남아 형체조차 안 보이는 아이니, 당신이 절 좋아할 리가 없어요. 앞으로도, 영원히 계속. 무엇보다 당신은 같은 성별의 여성인 저를 좋아해 주실까요. 사랑해주실까요. 저는 과연 당신의 손을 붙잡아도 되는 걸까요?

이 가슴이 시큰하고 쓰디쓴 추억들을 다 지울 수만 있다면 제 심장 정도야 꺼내서 토막 낼 수 있어요. 당신과 보냈던 이 괴로운 기억 따윈 잊어버릴 수만 있다면 제 두 다리 정도는 잘라가도 될 정도예요. 그러니까, 당신과의 추억, 아니 당신 자체를 잊어버릴 수만 있다면 지금 이 자리에서 죽어도 좋아요.

여태까지 저와 함께했던 추억은 다 거짓인가요? 그 차가운 말로 저를 죽이기 위해 여기까지 절 몰아붙인 건가요? 아아, 어찌 이리 잔인할 수가 있나! 제 마음을 어찌 이렇게 찢어놓을 수가 있나요!

악마, 마귀처럼 잔혹하구나, 조각상처럼 아름다운 얼굴 뒤에는 무서운 마녀가 숨어있구나! 빛나는 희망의 조각 뒤에 침침하고 어두운 절망의 빛이 숨어있다. 새콤한 과실 뒤에 독을 품고 있는 흉측한 뱀이 날 노리고 있구나!

태양이 죽어가고, 시간이 뒤돌아가는 것만 같은 오늘, 나는 그녀에게 살해당하는구나. 그럼에도 불구하고 아직도 당신을 사랑하고 있는 내가 너무나도 미련하구나, 멍청하구나, 너무나도 내가 증오스럽습니다.

어서, 저를 죽여주세요. 아직 저는 당신에게 죽지 않았어요. 당신을 완전히 잊어버릴 수 있게 더욱 더 차갑게 저를 쏘아주세요. 그 아름다운 입술에서 새어 나오는 욕을 퍼부어주세요. 제발, 부탁이에요. 이렇게 당신을 또 사랑하고 싶지 않아요. 아직 희망의 조각을 붙들고 싶지 않아요. 다시 당신에게 상처받고 싶지 않아요.

다시는 태양을 사랑하고 싶지 않아요.
당신의 그림자가 되고 싶지 않아요.

안녕히, 나의 심장, 나의 삶, 나의 태양

실수로 친구를…

곽도희

나는 실수로 친구인 이하영을 죽였습니다.

고의는 아니었습니다. 정말 실수로 이하영을 위험에 빠뜨렸습니다.

그날도 여느 날처럼 우린 옥상에 가서 놀고 있었습니다. 나와 하영이는 반이 달라 놀고 싶을 때는 하영이가 먼저 옥상으로 가서 나를 기다렸습니다. 그 날 하영이는 헤드셋을 끼고 우리 둘이 부른 '나가거든'을 조용히 듣고 있었습니다. 이 노랜 우리가 오디션을 신청하기 위해 같이 작업한 녹음본이었습니다.

나는 장난기가 발동되어 옥상 울타리의 기대에서 노래를 듣고 있는 하영이의 어깨를 치면서 놀래줬습니다. 이 장난에서 아주 큰 문제가 생겼습니다. 하영이가 울타리의 기대고 있던 팔이 미끄러져 그만 옥상에서 떨어지고 말았습니다.

나는 바로 하영이에게 달려갔습니다. 하영이는 머리에 피를 흘리며 정신을 잃은 채 쓰러져 있었습니다. 나는 어찌할 바를 몰라 하영이의 이름을 외치며 눈물만 흘리고 있었습니다. 그때 누군가 내 울음소리를 듣고 달려왔습니다. 바로 체육 선생님이셨습니다.

체육 선생님한테 이게 무슨 상황인지 말씀드렸습니다. 단, 내가 하영이에게 장난을 쳐서 이런 상황까지 왔다는 건 얘기하지 않았습니다. 체육 선생님께 모든 걸 얘기하면 나는 며칠간 혼나고 모두에게 살인마 취급을 당하는 게 무서워 이야기하지 못했습니다.

체육 선생님이 바로 구급차를 불러 하영이는 병원으로 이송했습니다. 나는 너무 미안하고 하영이의 얼굴을 보기 힘들어 따라가지 않으려 했지만 체육 선생님이 하영이 옆에 있어 주라고 하셔서 같이 갔습니다.

하영이가 진료를 마치고 병실에서 쉬고 있을 때 하영이 부모님이 오셨습니다. 하영이 부모님께서 "하영이 옆에 있어줘서 고마워"라고 나에게 이야기하셨습니다.

그 말을 들으니 눈물이 왈칵 차올랐고 죄책감만 커져갔습니다.

'내가 왜 그랬지? 도대체 무슨 짓을 한 거야?'

스스로를 원망하고 후회스러워도 이미 지나간 일이었습니다. 지나간 시간을 돌릴 수 없는 내가 너무나 원망스러웠습니다.

나는 여느 날처럼 학교가 끝나고 바로 하영이가 있는 병원으로 향했습니다. 그러다가 의사 선생님과 하영이네 엄마가 하는 이야기를 들었습니다.

"이하영 군은 자칫하면 죽을 수 있습니다. 산다고 해도 식물인간이 될 가능성이 큽니다. 마음의 준비를 하셔야 할 것 같습니다."

의사의 말을 듣고 나는 조용히 하영이의 병실로 갔습니다. 그리고 하영이가 가지고 있던 우리 둘만의 음악파일을 재생시켜보았습니다. 하영이와 같이 부른 노래를 들으니 나는 눈물이 차올랐습니다. 그런데 내가 모르는 음악 파일이 있었습니다. 그리고 쪽지도 하나 놓여 있었습니다.

TO. 서현

서현아, 이 노래는 내가 오디션에서 떨어졌을 때 재오디션을 보기 위해 준비한 노래니깐 너무 놀라지마! ㅎㅎ

하영이가 부른 노래를 재생시키니 Mocca의 Happy라는 노래가 흘러나왔습니다. 그 노래를 들으니 가슴이 더 먹먹해졌습니다. 나는 음악 파일을 가지고 집으로 돌아왔습니다. 나는 하영이가 떠나기 전에 편지를 써서 미안하다고 전해주고 싶어 집에 도착하자마자 편지를 썼습니다.

TO. 하영

하영아 안녕? 나 서현이야. 하영아 제일 먼저 미안하다고 말해주고 싶었어. 나 때문에 네가 위험해졌잖아. 정말로 미안해. 그리고 네가 내 친구였다는 사실이 너무나 고마워! 우리 같이 꿈을 이루기로 약속했잖아. 내가 꼭 꿈을 이뤄 네 몫까지 열심히 할게. 하영아 너무나 고맙고 미안해. 네가 괜찮다면 네가 있는 곳에서 나를 지켜봐 줄 수 있어? 내가 너를 위해서 꿈을 이루고 너를 절대로 잊지 않을게.

다음 날 나는 이 편지를 하영이 손에 쥐여주고,

"하영아, 고맙고 미안해. 이건 진심이야 장난이 아니라…."

라는 말을 하고 집으로 갔습니다.

그날 저녁 하영이가 이 세상을 떠났다는 말을 들었습니다. 나는 너무나 슬펐습니다.

'하영아 내가 너와 한 약속을 무슨 일이 있어도 지킬게.'

마음속으로 다짐하였다.

나의 상상 이야기

김온정

나는 처음으로 사람을 죽였습니다. 불안감과 엄습함이 나를 밀고 들어옵니다. 무섭고, 힘든 경험이지만 나는 죄책감이 많이 들지는 않습니다. 내가 죽인 그 사람은 바로… 내가 싫어하는 사람이기 때문입니다. 드디어 내가 싫어하는 사람이 없어진 것 같아 마음이 무겁고 힘들기는 커녕 오히려 마음이 날아갈 것 같이 기쁘고 홀가분합니다.

그러던 어느 날, 나에게 전화 한 통이 "띠리링" 울리면서 요동 차게 진동이 일어납니다. 나는 그 전화를 받았습니다. 그 전화 속 목소리는…

"나는 네가 죽인 사람의 부모인데 잠깐 나와서 얘기하다가 들어갈래? 아님 그냥 우리가 끌고 갈까? 둘 중에 하나 선택해 봐…."

전화로 얘기하는 동안 옆에서는 계속 깔깔깔 거리는 소리가 들려서 무서웠습니다.

옷을 주섬주섬 입고 짐을 챙겨 그 부모님과 만나기로 한 소망햇살공원 벤치에서 기다렸습니다. 기다린 지 얼마가 지났을 때, 검은 그림자 2명이 나를 향해 터벅터벅 걸어오고 있었습니다. '긴장을 풀고 잘 대화해 보자'라는 마음으로 간절히 기도했습니다.

그 검은 그림자 두 명이 앉았습니다. 먼저 나에게 질문을 던졌습니다.

"크흠 야, 있잖아 너… 네가 죽인 아이의 심정을 알 것 같니? 네가 그 부모의 아픔을 알아? 너 진짜로 미XX이구나 정신 나갔네."

그 말을 듣고 나도 더 말을 보태야 할 것 같아 이렇게 말하였습니다.

"그럼 내가 죽인 아이로부터 수개월 동안 괴롭힘을 당하고, 모멸감을 당하여 힘들어했던 그 지난날에 대한 저의 심정은 누가 보상해주나요? 제가 얼마나 힘들었으면 그런 극단적인 생각을 했겠습니까?"

"그리고 저는요 그 아이를 죽이기는 했지만 반성을 하고 있어요. 그런데 계속 그렇게 얘기하시면 제가 반성할 기분과 마음이 들겠어요?"

나는 그 자리를 박차고 나왔습니다. 그런데 집에 돌아와서 그 부모님의 말을 생각해보니 내 잘못이 비로소 느껴졌습니다. 내가 엄청 많이 심한 행동을 한 거 같아 펑펑 울었습니다. 그리고 그때부터 나 스스로 죄책감이 들기 시작했습니다.

나는 늘 마음속으로 나를 괴롭히거나 모멸감을 주는 아이들을 죽이는 상상을 합니다. 그러고는 후회를 하고 반성을 합니다. 그리고 누군가를 죽인 일이 상상이어서 다행이라고 생각합니다.

책쓰기 동아리 활동 후기

책쓰기 동아리에서 책을 쓴 것이 가장 큰 기쁨이었다. 물론 나 혼자서도 책을 써볼 수 있었다. 하지만 막상 써보려니 막막하기만 했다. 이런 내게 책쓰기 동아리는 디딤돌 같았다. 한 걸음 한 걸음씩 글을 쓰는 능력이 조금이나마 늘었다. 여전히 모자라지만 조금씩 발을 내딛다 보면 언젠가는 반드시 강을 건너 반대편에 도착해 있을 것이라고 믿는다. 책쓰기 동아리를 통해 쓴 글들은 내게서 절대 잊혀지지 않았으면 한다. 글을 쓸 때 도와주시고 응원해주신 선생님께 감사하고 앞으로도 계속 책을 쓰고 싶다. – 김하언

책쓰기 동아리 활동을 통해 내가 쓴 글을 책으로 출판할 수 있는 영광을 누릴 수 있었다는 것이 가장 큰 보람이었고 기쁨이었다. 같은 마음으로 이 활동을 함께해준 동아리 부원들에게 감사하다. – 김윤아

책쓰기 동아리 활동을 함으로써 좀 더 책을 많이 읽을 수 있게 되어 좋았다. 그리고 내가 쓴 글을 책으로 출판한다는 새로운 경험을 할 수 있어서 중학교 시절에 가장 뿌듯한 일로 기억될 것 같다. – 정민주

책쓰기 동아리에서 주제에 맞는 글을 쓰는 활동을 하면서 글을 쓴다는 게 생각보다 어렵고 복잡하다는 것을 알게 되었다. 하지만 내 글이 책으로 출판된다고 하니 기분이 저절로 좋아지는 것 같다. – 안민솔

3학년이 되고 나서 호기심에 한 번 들어가 본 동아리가 책쓰기 동아리였다. 그런데 정말 들어가길 잘했다는 생각이 든다. 더군다나 내가 쓴 글이 책으로 출판된다니 정말 설레고 뜻깊은 경험이 되어서 기쁘다. – 이미애

책쓰기 동아리 활동은 나에게 있어 큰 의미를 갖는다. 특히 부족하지만 내가 쓴 글이 책으로 출판된다고 하니 너무나 기쁘다. 1년 동안 함께 출판 준비를 한 부원들에게 부족한 나와 함께 해줘서 고맙다는 말을 전하고 싶다. – 곽도희

처음엔 글을 쓰는 일이 귀찮고 하기 싫었지만 막상 하다 보니까 책을 많이 읽고 글을 많이 쓰게 되었다. 글쓰기 실력도 좀 더 향상되고 내가 쓴 글을 책으로 출판할 수 있게 되어 너무 좋았다. 책을 출판하기 위해 열심히 도와준 언니들에게도 너무 고맙다. – 김온정

초등학교에선 하지 못했던 활동을 책쓰기 동아리에서 하게 되어서 흥미로웠다. 가장 흥미로웠던 점은 내가 쓴 글로 책을 출판한다는 점이다. 새로운 경험을 하게 되어서 신나고 뜻깊은 시간이었다. – 이가인